무림에 떨어진 현대인 5

초판 1쇄 인쇄일 2021년 06월 17일 | **초판 1쇄 발행일** 2021년 06월 22일

지은이 청루연 | **펴낸이** 곽동현 | **담당편집 팀장** 이범수
편집부 정요한 최훈영 조혜진

펴낸곳 (주)조은세상 | 출판등록 제2002-23호
주소 서울특별시 동작구 동작대로1길 27 5층
TEL 02)587-2966 | FAX 02)587-2922
E-mail bukdu@comics21c.co.kr

청루연ⓒ2021
ISBN 979-11-6591-908-5 | ISBN 979-11-6591-687-9(set)
값 8,000원

※잘못 만들어진 책은 구입처에서 바꿔드립니다.
※저자와의 협의에 의해 인지는 생략합니다.

무리에 떨어진

청루연 신무협 장편소설

현대인

5

청루연 신무협 장편소설

NEO ORIENTAL FANTASY STORY

CONTENTS

30 章.

　　마교도들의 긴 행렬에 섞여 천산을 향하고 있는 조휘의 심
정은 착잡했다.

　　설마 하는 마음으로 끈질기게 기다려 보았지만 의천혈옥
이 청옥으로 변한 지 한 달이 다 되어 가는데도 선조 어른들
의 목소리가 끝내 들려오지 않았기 때문이다.

　　'정말 이대로 선조 어른들과의 인연은 끝인 건가?'

　　도무지 믿고 싶지가 않았다.

　　검신 어른의 잔소리가 사무치도록 그리웠다.

　　가끔씩 꼬장꼬장하게 훈계질을 늘어놓던 조 맹덕 어르신
도, 뛰어난 학식과 인품이 느껴지던 그 부드러운 목소리의 만상조 어르신도 그리웠다.

나머지는 어떤 분들일까.

아직 모든 선조 어른들의 정체도 파악하지 못했는데…….

"존…… 아니 오라버님. 드디어 도착했어요!"

사운향이 손으로 가리키고 있는 곳.

그곳에 거대한 성(城)이 있었다.

천마성(天魔城).

그 엄청난 위용 앞에 조휘는 차마 말을 잇지 못했다.

육중한 철문, 아니 저걸 과연 문(門)이라 부를 수 있을까?

도대체 저런 걸 어떻게 열고 닫고 하는 거지?

협곡을 통째로 틀어막고 있는 저 거대한 철문은, 보는 사람으로 하여금 질리게 만드는 무언가가 있었다.

조휘는 중원인들이 왜 저곳을 천마교라 부르지 않고 천마성이라 부르는지 알 것 같았다.

그런 천마성의 벌어진 철문 틈 사이로, 수천수만의 마교도들이 쉴 새 없이 밀려들고 있었다.

중얼중얼.

들뜬 얼굴로 연신 주문을 외며 입성하는 마교도들.

그 거대한 군중의 기세에 조휘는 압도되는 심정이었다.

십만 마교도?

아니, 그 평가는 모자란 것이다. 중원인들은 마교도들의 수를 명백히 잘못짚고 있었다.

그렇게 점점 나아가자 철문 틈으로 보이는 저 먼 곳에 자리 잡은 거대한 제단(祭壇)이 눈에 들어왔다.

끝없이 이어진 계단 위의 정상에서 오연히 교도들을 바라보고 있는 무리들.

이 먼 거리에서도 그들의 존재감은 그야말로 압도적이었다.

그중에서도 중심에 있는 자.

형형색색 빛나는 보석이 박힌 면류관(冕旒冠)을 머리에 쓴 자.

제사장 복식의 그 사내는 폭포수처럼 쏟아 낸 검은 머리칼이 너무나도 매력적인 남자였다.

조휘는 본능적으로 그가 모든 마교인들 중에서 최상위 위계를 지닌 자라는 것을 알 수 있었다.

"……천마?"

조휘의 시선이 향하고 있는 곳을 확인한 사운향이 배시시 웃었다.

"신녀(神女)님이세요."

"신녀? 여자라고?"

얼굴에 온갖 문양의 칠을 하고 있어서 그런가?

풍채는 분명 남자 같은데 여자라니.

조휘가 제단 위를 다시 한 번 차분히 응시하고 있었다.

거대한 철문을 뒤로하며 천마성 내부에 진입한 그 순간 조휘는 질식할 듯한 압박감을 느껴야만 했다.

단순히 무인들의 기세나 마인들의 마기 때문만이 아니었다.

그것은 엄청난 수의 군중, 그 인의 물결에서 전해 오는 순수한 압박감!

천마성의 중심에 치솟아 있는 거대한 제단, 그 전면에 펼쳐져 있는 놀라우리만치 너른 광장에 엄청난 수의 사람들이 군집하고 있었다.

발 디딜 틈 없이 모여드는 수십만의 인파들.

조휘 평생에 단 한 번도 이런 엄청난 인의 물결을 본 적이 없었다.

한데 아직도 철문은 닫힐 기미가 보이지 않는다.

저 멀리 유미리합곡(柳迷理合谷)부터 이곳 천마성 입구까지는 삼십 리.

한데 그 긴 행렬이 아직도 끊이지 않고 있는 것이다.

'과연 천년마도라더니……'

마도는 사파와 달리 그 뿌리가 깊다.

한 집단이 무려 천 년이라는 긴 시간 동안 자신들만의 문화를 존속했다면 그 오랜 전통과 역사에서 오는 저력이 어느 정도일까?

지금 자신이 보고 있는 것은 빙산의 일각에 불과할 것이다.

그런 마교도들의 시선이 일제히 제단 위를 향하고 있었다.

열망으로 이글거리는 눈동자들.

그들은 각기 주문을 외웠고, 눈물을 글썽이며 기도했으며,

몸을 찢어 피로써 참회했다.

그들의 그런 광기 어린 모습에 조휘는 가슴이 짓눌리는 느낌마저 들었다.

이 거대한 집단의 맹목적인 믿음, 그 모든 사무치는 염원들을 한 몸에 받는다는 것은 어떤 기분일까?

천마라는 존재가 마신이라 불리는 것은, 진정 이들의 모든 염원을 이뤄 줄 신이기 때문이란 말인가?

저 멀리 까마득한 계단 위에 서 있는 자들은 현재 그런 천마를 대리하는 위계의 인간들이었다.

그중에서도 가장 강력한 존재감을 뽐내고 있는 신녀라는 여인을 조휘는 진득하게 살피고 있었다.

멀리서 살폈을 때는 안력이 제대로 미치지 않아 마치 남성처럼 보였다.

큰 면류관과 펑퍼짐한 품의 제례복을 입고 있어서 몸집이 크게 보였던 모양.

가까이서 그 얼굴의 선을 제대로 살피니 과연 여인이 맞는 듯했다.

'신녀(神女)라…….'

삼신의 경우만 살피더라도, 강호인들은 결코 신(神)의 휘호를 남발하지 않는다.

마교도들이 저 여인더러 신녀라 칭했다는 것은 그만큼 엄청난 무언가가 그녀에게 있다는 뜻일 터.

무공을 익힌 흔적은 보이지 않았다.

절대의 경지를 돌파하여 의념으로 기도를 감추고 있는 것이 아닌 이상, 검천전능지체의 감각권 내에 감지되지 않을 수가 없었다.

그렇다면 그녀의 능력은 무엇일까?

조휘가 곁에 있던 사운향에게 전음입밀(傳音入密)의 수법으로 말했다. 세가주 남궁수에게 배운 후 처음으로 시전해 보는 수법이었다.

-아아, 들리나?

사운향이 깜짝 놀란 눈으로 조휘를 응시했다.

-네 들려요! 존성님!

조휘가 눈짓으로 신녀를 가리켰다.

-신녀의 능력은 무엇이지?

사운향은 마치 제 할 일을 찾았다는 듯 의기양양하게 웃다가, 신녀를 보며 경외 어린 얼굴이 되었다.

-안가랍만뉴님의 목소리를 듣는 분이세요!

-안가랍만뉴(安哥拉曼纽)?

그 존재는 검신 어른에게 전해 들은 바 있었다.

마교도들의 교리 속 최상위의 절대적인 마(魔)로서 그야말로 신화적인 존재.

안가랍만뉴는 우주를 창세한 광명신(光明神)의 어두운 영적 자아이며 세상을 파괴하는 운명을 타고난 멸겁의 악신(惡

神)이었다.

그런 악신의 목소리를 직접 듣는다고?

무엇보다 신이 과연 존재한단 말인가?

현대인 시절 철저한 무신론자였던 조휘에게는 그야말로 신선한 충격이 아닐 수 없었다.

'신의 목소리를 듣는 인간이라……'

현대에서도 그렇게 주장하는 사람은 많았다. 하지만 대부분이 사이비 교주로 판명이 났다.

그렇게 허풍과 거짓을 속삭이는 자들이 천 년 동안 이 많은 마교도들을 지배했다고?

이 많은 사람들이 그 긴 세월 동안 거짓에 놀아난 것이라면 너무 서글프고 허탈한 일이지 않은가?

일단은 조금 더 지켜볼 일.

마음을 다잡은 조휘가 연신 주변을 살핀다.

본래의 목적은 천마의 출현을 확인하는 것.

이토록 거대하게 군집된 모든 염원들을 한데 모아, 그 힘으로 강호를 짓밟는 자가 마신이라면 무조건적으로 막아야 했다.

그런 일이 벌어진다면 조가대상회도 남궁세가도 강호에 존재할 수 없다.

그 순간, 조휘를 경악하게 만드는 강대한 목소리가 들려왔다.

-신교의 교도들은 들으라.

마치 영혼이 진탕되는 듯한 느낌!

그것은 그야말로 무저갱 속 악마의 음성처럼 세상의 모든 악의를 담아 외친 듯한 목소리였다.

제단 위를 바라보자 그 '신녀'가 허공에 떠 있었다.

칠흑과도 같은 머리칼을 흩날리며 천하를 향해 두 팔을 뻗고 있는 그녀.

도저히 인간이 뿜어내는 기운이라고 생각할 수 없는, 그 거대하고도 순수한 악의가 사방으로 뿜어지고 있었다.

두근두근!

심장의 맥동이 빨라진다.

그저 바라보는 것만으로도 혼백이 빨려 들어가는 듯한 격렬한 기시감!

그제야 조휘는 저 제단 위 여인의 칭호에 왜 신(神)의 휘호가 새겨졌는지 단숨에 깨달을 수 있었다.

단순한 무녀(巫女)가 아니었다.

어떤 '신적인 의지'가 그녀를 지배하고 있다는 것을 단번에 느낄 수 있었다.

신녀의 목소리를 듣자 마교도들의 순수하며 맹목적인 염원이 거대한 파도가 되어 천마성의 제단을 덮쳤다.

조휘는 순간이나마 자신의 눈도 저들과 비슷해졌다는 것

을 깨닫고는 소름이 돋았다.

집단의, 군중의 마력이란 이토록 무서운 것.

-지금 이곳에, 그분께서 강림하시었다.

조휘의 동공이 극도로 확장되었다.

신녀가 말하는 '그분'이란 틀림없는 천마, 즉 마신일 터!

'어디에?'

천마가 나타났다면 틀림없이 광대무변한 존재감을 드러냈
을 것이다.

한데 어디를 둘러봐도 그만한 존재감을 뿜고 있는 사람은
존재하지 않았다.

**-세상을 벌하실 오롯한 이여, 만마전을 지배하는 존귀한
마신이여, 오백 년 예언의 월음(月陰)이 가득 찼나이다! 이
미천한 종의 외침에 답해 주소서!**

그 순간 모든 마교도들이 일제히 제단을 향해 몸을 엎드
렸다.

수십만 마교도들이 일제히 몸을 낮추자, 거대한 인의 파도
가 철문 밖까지 물결쳤다.

그야말로 장관!

이윽고 신녀의 몸이 여전히 허공에 부유한 채로 제단의 아래로 하강하고 있었다.

곧 그녀의 기다란 섬섬옥수가 한 교도를 가리켰다.

-그대, 성화의 품에서 불타오를 예비된 자여, 일어나 고개를 들어라.

모든 마교도들이 고개를 들어 그녀의 손가락을 응시했다.

조휘 역시 의념의 장막 속에 몸을 숨긴 채, 그녀의 손짓이 가리키고 있는 방향을 따라 시선을 옮겼다.

수십만의 마교도들, 그 모든 열기가 사운향을 향하고 있었다.

'설마!'

사운향이 황홀한 표정으로 몸을 일으켰다.

자신이 예언 속에 예비된 자라니!

이 수많은 교도 중에서 자신이 선택되었다는 그 영광에 그녀는 연신 눈물을 흘렸다.

성화의 품에 타오를 자.

그렇게 제물로 선택된 사운향은 천천히 제단의 계단을 오르기 시작했다.

이미 검신 어른으로부터 마교도들의 제례의식을 전해 들은 조휘는, 이제 저 제단 위에서 벌어질 일을 너무나 잘 알고 있었다.

제물의 심장을 갈라 움켜 짜낸 피를 그들이 말하는 성화에 뿌리며 염령(念靈)한다.

'......'

제단 위로 천천히 멀어져 가는 사운향의 등을 바라보며 조휘는 의미 모를 분노를 느꼈다.

왜?

잠시 지나가는 인연, 그야말로 마교의 교도일 뿐이다. 그녀의 죽음에 굳이 의미를 둘 필요가 없는 것이다.

하지만 열꽃이 핀 것처럼 온몸이 데워진다.

그렇게 그녀가 제단의 정상에 섰을 때, 마교의 주교들이 주문을 외우기 시작했다.

여전히 황홀한 표정, 미소가 만발한 얼굴로 스스로 제단 위에 몸을 누이는 사운향.

'죽는 게 정말 아무렇지도 않다고?'

미친, 저게 말이나 되는가?

이제 열세 살이나 됐을까 하는 소녀다.

한창 꽃다운 나이, 꿈을 키워가며 삶에 대한 열망을 피워나갈 저 작은 소녀가 죽음에 대해 뭘 안다고!

"저도 성화와 함께 타겠습니다!"

"제게도 영광을 주소서!"

지상으로 내려온 신녀를 향해 연신 부복하는 마교도들.

저들에게 성화와 함께 탄다는 의미는 영생의 약속이다.

신녀가 신실한 교도들을 고아하게 응시하며 흡족한 미소로 손짓하기 시작했다.

그렇게 신녀의 섬섬옥수에 선택된 이들도 제단의 계단을 오르기 시작했다.

마침내 너른 제단에 모여 사운향과 함께 몸을 누이는 마교도들.

그때 신녀의 몸이 다시 허공으로 솟구쳐 제단 위로 날아갔다.

대제사장이 화려한 제례용 곡도를 신녀에게 바쳤다.

곡도를 보는 순간 하나같이 눈을 뒤집은 채 전신을 부르르 떠는 제물들.

그 미친 광기의 현장을 조휘는 도저히 눈을 뜨고 볼 수가 없었다.

천마고 뭐고 도저히 지켜볼 수 없어 몸을 돌린 그때.

샤르르륵.

제물의 살을 가르는 소리가 마치 천둥처럼 조휘의 귀에 들려온다.

"끼야아아아악!"

고통에 찬 사운향의 비명 소리가 들려온 그 순간.

두근!

다시 거칠게 맥동하는 심장!

데워진 분노가 참을 수 없는 광기(狂氣)가 되어 마침내 조휘의 몸을 거칠게 휘감았다.

마신공(魔神功), 그 광대무변한 암자색 마기가 조휘의 전신에서 피어올랐다.

쿠구구구구구!

격렬한 진동이 천산을 휘감은 그 순간.

조휘의 신형이 점멸하듯 사라지더니 순식간에 제단의 정상에 나타났다.

팍!

곡도로 사운향의 가슴을 헤치고 있던 신녀의 손이 단숨에 구속된다.

조휘의 분노로 이글거리는 두 눈이 신녀에게 향한다.

"신(神)이 한낱 인간의 목숨을 탐낸다고?"

신녀가 몸을 부르르 떨며 그대로 주저앉는다.

"그런 옹졸한 자가 신이라면 여기 모인 수십만에 이르는 사람들의 삶이 너무 하찮아지지 않나?"

분노로 이글거리는 한 쌍의 자색 귀화.

신녀는 그런 조휘의 두 눈을 바라보다 그대로 눈물을 쏟으며 오체투지했다.

-신언(神言)을 받듭니다! 신교의 모든 것은 마신(魔神)의 뜻대로!

한 쌍의 분노의 광망이 소스라치도록 깊게 빛났다.

"난 네놈들의 마신이 아니야!"

신녀의 현현(玄玄)한 눈동자가 어느새 옷 새로 삐져나온 조휘의 청옥을 향했다.

-이 미천한 종(從)이 보고 있는 것이 틀림없는 성화마옥(聖火魔玉)일진대 어찌 스스로 존귀함을 부정하시나이까.

조휘가 소스라치도록 놀라며 물었다.

"이게 성화마옥(聖火魔玉)이라고?"

검신 어른은 분명 성화마옥이 마신의 고유 신물이며 천마신교 그 자체를 상징하는 물건이라 했다.

오로지 마신만이 그 권능을 꺼내 쓸 수 있다는 그 전설적인 마교의 보물이 의천혈옥, 아니 이 청옥이라고?

-오롯한 성화는 오직 성화마옥에 의해 깨어나는 법. 이미 마신께서는 마신공의 신위를 드러내셨지 않사옵니까.

그 순간, 모든 마교도들이 엎드려 흐느끼며 마신을 부르짖었다.

-흑흑! 마신이시여!

-성화의 오롯한 주인이시여!

아니 미친! 말도 안 돼!

너무나도 당황한 조휘가 서둘러 제단을 벗어나려는 그 순간, 그의 두 눈이 찢어질 듯 부릅떠졌다.

주교들이 눈물을 흘리며 함께 등에 메고 들고 오는 거대한 석판.

그들이 신실한 마음을 담아 조휘의 앞에 석판을 내려놓으며 그대로 오체투지했다.

'설마?'

석판 속에 빼곡하게 새겨져 있는 도식들!

그런 도식과 함께 수없이 많은 한글이 각주로 첨언되어 있다!

그 필체!

조휘는 보자마자 알 수 있었다.

검총을 만든 자의 것이라는 것을.

-신교의 종들이 예언의 마신께 천마삼검(天魔三劍)을 바치나이다!

천마삼검(天魔三劍)!

검신 어른조차 전설로만 접했을 뿐 실제로 경험해 보지는

23

못했다던 마신의 독문 검식이다.

이는 엄청난 세월의 격차가 그 두 사람을 가로막고 있었기 때문이다.

마신은 검신으로부터 무려 삼백 년 전의 무인.

한데 저 석판은 도대체 뭐란 말인가?

철두철미한 성격이 고스란히 느껴지는 마치 틀로 찍어 낸 듯한 필체.

그것은 틀림없이 조휘가 검총에서 본 현대인의 필체, 그 한글이었다.

조휘가 마신공을 풀고 검천전능지체의 공능을 일으켰다.

이어 백색으로 물든 그의 두 눈이 석판의 물리학적 도식들을 살피기 시작했다.

한참 동안 석판을 살피던 조휘가 점점 경악의 얼굴로 변했다.

천검류와는 전혀 궤가 다른 검식!

'이런 걸 인간의 몸으로 펼칠 수 있다고?'

화인(火印)처럼 조휘의 두 눈에 박히고 있는 천마삼검!

이건 마치 오로지 공격과 파괴만을 위한 광기 그 자체다.

순간적으로 단면만 살폈음에도 그 처절한 광기에 조휘는 정신이 아득해지는 느낌마저 들었다.

'미, 미쳤어!'

어떻게 인간이 이런 생각을?

이건 무공이라는 범주를 벗어났다.

'아!'

그제야 새삼 깨닫는 조휘.

마신공(魔神功)!

천마삼검은 그 영겁의 성화를 일신에 새긴 자만 펼칠 수 있는 검식이었다.

마신공의 무한에 이르는 내공이 뒷받침되지 않는다면, 기수식도 펼치기 전에 내부의 모든 기혈이 뒤엉켜 죽음을 맞이하게 될 것이다.

마치 데칼코마니의 합쳐진 면처럼, 마신공과 천마삼검은 완벽한 합(合)을 이루고 있었다.

순수한 파괴력만으로 평가한다면 천마삼검은 검신의 천검류를 능가했다.

하지만 이건 뒤를 생각지 않는 검초.

무한에 가까운 마신공의 공력으로도 저 천마삼검을 온전히 펼칠 수 있다는 확신이 생기지 않을 정도다.

단 삼검(三劍)만에 마신의 모든 것을 쏟아 내는 느낌.

그제야 조휘는, 신들 중 최강은 검신이라는 강호의 풍문에 오류가 있음을 인정할 수밖에 없었다.

물론 마신은 뒤가 없다.

아무리 그의 삼검이 천하를 찢어발기는 검초라 해도 만약 검신이 견뎌 버린다면 무용지물인 것이다.

마신공의 공능을 모두 쏟아 낸 이상 검신의 공공력을 막을 길이 없는 터.

하지만 검신 어른이 마신의 천마삼검을 견딜 수 있다는 확신이 생기지 않는다.

화산에서의 신과 같았던 검신 어른의 무공을 모두 지켜본 마당인데도 말이다.

천마삼검의 위력은 그만큼 파천황(破天荒).

실제로 겨뤄 보지 않은 이상 모든 가정은 무의미했다.

'동수(同手)다.'

검신 어른이 이 석판을 함께 봤다면 얼마나 놀라셨을까.

더욱 진득하게 석판을 살펴보는 조휘.

그렇게 석판을 살피면 살필수록 조휘는 확신이 더해졌다.

'분명 이것은 검총 이후 그의 무공.'

그 말인즉 검총이 생각보다 훨씬 오래된 유적이란 뜻.

이 현대인의 유물들을, 검신과 마신이 발견한 시대가 단지 달랐던 것뿐인가?

그럼 검신의 무공도 마신의 무공도 그 뿌리가 다 고대의 현대인이라고?

도대체 그 현대인은 무림의 역사에 무슨 짓을 한 거지?

그들의 무공을 무슨 운명의 주인공처럼 동시에 익히게 된 또 다른 현대인, 즉 나는 또 뭐고?

이내 조휘의 시선이 청옥, 아니 성화마옥을 향했다.

'여기에 내 운명이 담겨 있다?'

조휘는 기분이 더러웠다.

이 머나먼 천마성까지 온 것이, 자신의 의지가 아니라 무슨 거창한 운명적 힘에 이끌려 왔다고?

고작 어린 소녀를 살리고자 한 일이, 어떤 신적인 존재에 의해 예비된 길이라고?

운명은 니미!

애초에 그런 게 있었다면 현대에서부터 재벌가의, 유력 정치인의 아들로 태어났겠지.

자신의 전생은 오로지 좌절과 실패의 역사. 운(運)이라고는 단 한 점도 없는 삶이었다.

이제야 살 만하다 생각될 때 아버지께서 돌아가셨고 철이 들었다 여겼을 때 어머니마저 돌아가셨다.

공사판, 배달 일을 전전하며 칠 년을 노력했지만 9급 공무원 시험 하나 붙질 못했다.

애인과 친구들도 모두 떠나갔고, 남은 것은 오로지 삶의 고달픔, 가족을 향한 그리움뿐이었다.

무림에 환생하고서도 애초에 그리 거창하게 살고자 하지도 않았고, 그저 그 빌어먹을 돈만 벌 수 있다면 죽을힘을 다할 뿐이었다.

무슨 신이 점지한 자?

'거부한다!'

그렇게 조휘는 이 모든 현상이 결코 우연이 아님을 직감하고 있으면서도, 미지의 존재를 향해 맹렬한 거부감을 보이고 있었다.

조휘가 자신을 우러러보고 있는 주교들을 훑으며 짓씹듯 말했다.

"이 미치광이 광신도 마교 놈들아. 다시 한 번 말한다. 난 결코 네놈들이 기다려 온 마신이 아니야."

신교의 고수들은 자신들을 '마교도'라 칭한 자들을 결코 살려 두지 않는다. 자신들의 정체성을 짓밟는 말이었기 때문이다.

한데 자신들의 신이자 성화 그 자체라 할 수 있는 마신의 입에서 '광신도'니 '마교'니 하는 단어들이 튀어나왔다.

그럼에도 주교들의 동공에 서려 있는 신실함은 여전했다.

"아아! 이 천한 종의 미욱함을 더욱 꾸짖으소서!"

"천마이시여! 이 천한 종들을 성화로 멸하소서!"

그야말로 절대복종의 뜻을 담은 오체투지.

조휘가 식겁한 얼굴을 했다.

"어휴 개소름. 겁나 광신도 같은 놈들."

"아아, 천마이시……!"

"시끄러!"

그 시끄럽다는 단 한마디에 수십만 인파가 모인 거대한 천마성이 찬물을 뒤집어쓴 듯한 적막으로 휩싸였다.

조휘가 천천히 제단을 내려가며 신녀를 힐끗 쳐다보았다.

"경고 하나 하지. 앞으로 결코 날 찾지 마. 아니 아예 네놈들 모두 신강 땅을 벗어나지 마. 만약 네놈들이 중원에서 활동하는 걸 내가 본다면……."

조휘가 히죽 웃었다.

"이 제단 아래에 너희들을 모두 모아 놓고, 내게 바친 그 천마삼검으로 모조리 죽여 주겠다."

신녀가 공손이 머리를 조아리며 바닥에 무릎을 꿇었다.

"모든 것은 마신님의 뜻대로…… 그저 뜻대로 하소서. 미천한 종들은 그저 따를 뿐이옵나이다."

곧 조휘의 두 눈이 암자색 귀화로 물들자 그의 조가철검이 허공에 둥실 떠올랐다.

가볍게 철검에 올라탄 조휘가 다시 신녀를 응시했다.

"미친년."

피식 웃던 조휘가 눈짓으로 제단 위의 사운향을 가리켰다.

"저 아이나 살려 놔라."

그렇게, 신화 속의 여동빈과 삼신 중 오직 검신만이 그 신위를 보였다는 상상 속의 경지 어검비행(御劒飛行)이 삼백년 만에 다시 강호에 드러났다.

우수에 젖은 눈으로 멀어져 가는 조휘의 모습을 응시하던 신녀가 대제세장과 주교들을 불러 모았다.

"오늘부로 본 교는 신교(神敎)로 개명합니다."

마신께서 지상에 강림하셨으니 이제부터 신교.

29

"그리고 모인 교도들을 모두 신교로 들이세요. 모두 들이지 못한다면 신교를 확장하세요."

대제사장의 얼굴이 곤혹으로 물들었다.

교를 확장하는 일은 차치하고서라도, 신교의 바깥에서 살아가던 하교도들까지 모두 먹이고 재우는 건 결코 간단한 문제가 아니었다.

"엄청난 재정이 소모되는 일입니다."

순간 신녀의 두 눈에 처절한 광기가 일렁인다.

"천마님의 명을 거역하시는 겁니까? 대제사장께서는 성문으로 막지 않고도 하교도들까지 모두 통제할 방도가 있으신가요?"

"아……!"

신녀가 저 멀리 점으로 변해 가는 마신을 또다시 경건한 마음으로 응시했다.

"천마님의 신언입니다. 신교의 역사에서 지금까지 이뤄지지 않은 신언이 있었나요? 정녕 저분의 의지가 실현되길 바라시는 겁니까?"

누가 신언의 위대함을 모르나?

하지만 그 의지가 신교의 멸망이라니!

그런 불경함을 읽었는지 신녀의 얼굴이 야차처럼 일그러졌다.

"분명 천마님은 지금의 신교를 증오하고 계십니다. 대제사장께서는 그 이유를 따지시렵니까?"

"아, 아니외다."

또다시 신녀의 전신에 상서로운 기운이 감돌았다.

"모든 것은 성화의 뜻대로."

"성화의 뜻대로."

대제사장은 주문을 외며 엎드렸으나 그의 두 눈에 악독한 빛이 스치는 것을 아무도 보지 못했다.

조휘가 검에 올라탄 채 하늘을 날며 사막을 횡단하고 있었다.

곧 그가 한껏 상쾌해진 얼굴로 지상을 바라봤다.

그 거대했던 사구의 물결들이 마치 조그마한 개울가의 파문처럼 보인다.

"하하하하!"

마신공을 익힌 후 삶의 질이 완전히 달라졌다.

이기어검술로 몇 번 검초를 펼치고 나면 엄청난 탈력감이 몰아쳐 운기조식을 해야만 했던 과거와는 달리, 지금은 아무리 의념의 공부를 펼쳐도 내공과 정신력이 마르지가 않았다.

'무협 작가님들! 정말 죄송합니다!'

환생 초기.

중원 지리의 광활함에 절망하며 무협지 속 주인공들이 사천성, 안휘성을 획획 날아다니는 거, 그거 다 개구라라며 작가님들을 깠었는데!

'죄송합니다. 이렇게 제가 날고 있네요.'

이불킥 좀 하면 어떤가.

창공을 누비는 것이 이렇게 상쾌하고 편안한 것을.

'아, 돌아가고 싶다.'

이 정도 속도면 서울에서 부산까지 삼십 분이면 족할 것 같았다.

돌아갈 수만 있다면 그야말로 벤츠, BMW가 부럽지 않은 삶을 누릴 수 있을 텐데.

그때 멀리 오아시스가 조휘의 눈에 들어왔다.

오아시스로 하강하여 사뿐하게 철검에서 내린 조휘가 가죽 부대에 물을 가득 담았다.

온갖 독충과 동물들이 몰려드는 오아시스의 물은 그야말로 세균과 대장균으로 가득한 독수(毒水).

현대인 시절 다큐충이었던 조휘가 그 사실을 모를 리가 없었다.

그대로 삼매진화를 일으켜 가죽 부대를 매만지는 조휘.

부글부글.

한참이나 그렇게 끓이더니 곧 빙공을 일으켜 차갑게 식힌다.

아아!

정말 무공이 너무너무 좋다.

꿀꺽꿀꺽!

"크으으으!"

다시 날아오른 조휘!

그렇게 조휘가 신강을 가로질러 청해를 모두 횡단하는 데
는 일주일이 채 걸리지 않았다.

어느덧 도착한 당가타 앞.

조휘는 사방에 그윽한 물내음, 이 습기, 이 안개가 너무 좋
았다.

그래, 이게 중원이지.

촉산의 개야 짖지 마라.

이제 나는 이 축축함마저도 좋구나.

메마른 사막, 거친 신강 땅에서 거의 세 달 만에 돌아왔으
니 조휘는 당가조차 반가웠다.

암왕이 인정한 조휘!

그의 인상착의는 이미 당가에서 유명했다.

그가 천마성 사천지부로 홀로 정찰을 나간 것이 벌써 석 달
째. 그렇지 않아도 당가는 조휘의 소식을 애타게 기다리고 있
었다.

"외원 순찰당주 당학수! 조 소협을 뵙소이다!"

조휘가 정중한 예로 자신을 맞이하고 있는 당학수에게 마
주 포권하며 물었다.

"가주님을 뵙고 싶습니다."

"학수고대하고 계십니다. 어서 함께 가시지요."

"예."

그렇게 순찰당주의 안내를 받아 조휘가 도착한 곳은 다행히 어두컴컴한 암왕전이 아니라 내원의 별채였다.

두 눈을 감고 조용히 정좌하고 있는 당무호.

그는 미세한 우모침(牛毛針)을 한가득 손에 들고 있었다.

그의 반대편을 바라보니 작은 과녁 속에 우모침이 빼곡하게 박혀 있었다.

휴식 중에도 암기술을 연마하고 있다니!

조휘가 고개를 절레절레 저으며 그런 당무호에게 다가갔다.

"가주님."

그제야 번쩍 두 눈을 뜨는 당무호.

조휘가 그런 그를 바라보며 고개를 갸웃거렸다.

당무호는 화경의 극에 이른 고수.

이 정도 인기척을 냈으면 벌써 자신을 느껴야 정상이 아닌가?

조휘의 이해할 수 없다는 듯한 얼굴을 바라보며 당무호는 머쓱하게 웃었다.

"이거 조 소협에게 당가 비기의 약점을 또 하나 들키는구려."

"약점이요?"

당무호의 표정이 침중해졌다.

"독과 암기를 다루는 당가비기는 엄청난 집중력을 요하는 무공이오. 상대는 물론 스스로를 상하게 하는 무공이라면 아무 쓸모가 없기 때문이오."

조휘는 순간 만천화우를 떠올렸다.

도대체가 어떻게 쉰네 자루의 비도를 동시에 통제하며, 또 무슨 조화를 부렸길래 수백 수천 개의 환영으로 분화될 수 있는지 그 수법을 짐작조차 할 수 없었다.

그런 미친 비도술은 일반적인 인간의 연산 능력으로는 도저히 불가능한 종류였다.

천검류에도 천하유성검이라는 비슷한 종류의 환검(幻劍)이 있었지만, 그런 천하유성검도 만천화우와는 비교조차 할 수 없었다.

"혹시 당가의 비기 중에 두뇌의 연산력을 강화하는 비기가 있는 겁니까?"

조휘의 그 말에 당무호가 소스라치게 놀랐다.

"……어떻게 그것을?"

조휘가 그럴 줄 알았다는 듯이 고개를 끄덕였다.

"인간의 두뇌가 오묘한 것이, 하나를 지나치게 발달시키면 다른 하나가 죽는 법이지요."

"호오……."

시각에 장애를 입은 사람은 후각과 청각이 극도로 예민해지고, 다리를 잃은 사람은 상체의 힘이 몇 배로 상승하게 된다.

집중력과 연산력에 몰빵한 두뇌는 이처럼 감각이 죽어 버린다. 그건 너무나도 간단한 이치가 아닌가.

"일정 방위 안에서는 무적(無敵)이라 할 수 있지만 그 밖으로 벗어나면 초감각이 무뎌지게 되는 거죠?"

"이거야 원 다 털린 기분이오."

조휘가 예의 장부를 펼쳐 구석에 적었다.

"정말 의외로군요. 암기의 당가가 역설적이게도 살수들에게 가장 약하다라……."

"그걸 왜 또 적으시오……."

"아, 죄송합니다. 중요한 것은 기록하는 게 습관입니다."

"……."

당무호가 멋쩍은 표정을 하다가 별안간 진중한 얼굴로 되었다.

"그래, 진정 천마가 출현했소? 천마성의 동태는 어떠하더이까?"

조휘가 싱긋 웃었다.

"천마는 없고요. 그냥 멸문했다고 생각하세요."

"며, 멸문? 천마성이?"

조휘가 한 치의 망설임도 없이 고개를 끄덕였다.

"네. 천마성. 멸문이요."

천마성이 멸문?

당무호는 너무나 황당해서 한동안 말이 이어지지 않았다.

"그새 무림맹이 나서기라도 했단 말이오?"

질문하면서도 스스로 어처구니가 없다는 듯 실소를 머금는 당무호.

그도 그럴 것이 천마성의 권역이 대체 어딘가?

그 험한 청해성을 가로질러 메마른 사막을 모두 건너야 신강.

신강 땅에 도착하고도 서쪽 끝자락에 이르러서야 마침내 천산, 기련이다.

그야말로 새외.

거리만 따진다면 그 오지라는 남만보다도 훨씬 멀었다.

천마성을 정벌하려면 최소 십만은 동원해야 할 텐데, 그런 엄청난 병력을 동원했다면 사천과 청해 일대에 반드시 소문이 나게 되어 있었다.

"아, 무슨 전쟁이 벌어진 게 아니라 사실상 멸문이나 봉문 상태라고 생각하시면 됩니다. 지금 절 못 믿으시는 겁니까?"

방귀 뀐 놈이 성낸다고 오히려 조휘가 미간을 찌푸리며 짜증을 내니 당무호는 괜스레 움찔거렸다.

"아니, 입장을 바꿔 생각해 보시오. 너무 황당하지 않소이까. 사천지부의 마교 놈들, 그 독종들의 지독함을 수도 없이 겪은 나요. 그런 놈들이 멸문했다고? 천 년 동안 끄떡도 안 하던 놈들이?"

조휘는 후 하고 한숨을 내쉬다 사천지부가 있는 서쪽을 눈짓으로 가리켰다.

"좋아요. 그동안 사천지부를 정찰하고 계셨겠죠? 그곳에 개미 새끼 한 마리나 있습디까?"

"음……."

"지금 당장 천마성의 사천지부를 허물고 그곳에 당가의 세 가기를 꽂아 보시지요. 마교 놈들의 반응이 있는지 없는지만 확인해 보면 될 것 아닙니까."

당무호의 두 눈이 화등잔 만하게 떠졌다.

"사천지부를 허물라……?"

그야말로 상상도 못 해 본 일.

마교 놈들이 얼마나 음험하고 지독한 놈들인데!

"와! 천하의 독종 당가가 후환이 두려워 바들바들 떠시네 요? 지금 쫄리시는 겁니까?"

조휘가 도발하듯 더욱 의미심장하게 웃었다.

"그게 아니라면 사천지부를 허물어 버리시죠. 그놈들 몇 달째 아무런 동태도 없었을 텐데 뭘 그리 걱정을 하십니까."

곤혹스러운 표정의 당무호.

세 달 동안 사라졌던 자가 어떻게 이토록 사천의 정세를 잘 알고 있단 말인가?

"정말 그대를 믿어도 되겠소?"

"거참, 속고만 사셨나."

"본인은 세가주요. 내 결정에 가문의 명운이 걸려 있단 말 이오."

조휘가 고개를 절레절레 젓다가 품속에서 장부를 꺼냈다.

"뭐, 사천지부를 허물든 말든 가주께서 알아서 잘 하시고요. 일부터 합시다. 철광석은 언제부터 얼마나 보내 주실 수 있습니까? 계약부터 하시죠."

"그 문제라면 총관에게 일러두겠소. 그와 상의하도록 하시오."

남궁세가의 남궁수처럼 이 사내도 어쩔 수 없는 고상한 무인이라는 건가.

마치 장사치와 밀고 당기기를 하는 것이 수치스럽다는 듯 시선을 외면하고 마는 당무호.

꽤나 자존심이 상할 법한데도 오히려 조휘는 내심 회심의 미소를 그리고 있었다.

연간 금화 수천, 수만 냥이 걸린 거래를 총관에게 맡긴다?

상대가 가주가 아니라 총관이라면 오히려 땡큐다.

고양이한테 생선을 맡겨도 유분수지. 흐흐흐.

"알겠습니다. 그럼 그 문제는 총관님과 상의하도록 하죠. 아, 그리고 천빙령은요?"

"이미 독룡각에 일러 준비해 두었소. 양은 다섯 냥이오. 그이상은 불가하오. 천빙령의 가치를 안다면 우리 쪽에서도 최대한 성의를 보였다는 것을 그대도 인정할 수밖에 없을 것이오."

조휘가 고개를 끄덕이며 씨익 웃었다.

"당가불망은원! 누구보다 제가 잘 알지요. 저 역시 차후에 가주님께 선물을 보내 드리겠습니다."

그제야 당무호도 환하게 웃었다.

"기대하겠소."

◆ ◆ ◆

조가대상회 강서지부 내 회의실.

회탁을 중심으로 빙 둘러앉아 있는 조가대상회의 수뇌들
은 한결같이 고심하는 태가 역력했다.

이 총관은 제갈운이 내민 결재 서류를 완강하게 거부했다.

"불가합니다! 합비의 재고를 더 빼 오다니요! 그렇지 않아
도 합비의 계열상주들이 폭동을 일으킬 기세입니다!"

제갈운이 한숨을 푹 쉬었다.

"아니, 그럼 강서장군부를 어떻게 달래라고요. 모든 위관
들이 조가성심당의 음식들을 고집한다니까요? 병사들까지
먹겠다는 걸 겨우 잠재워 놨는데 이제 와서 안 된다고 하시면
어떡합니까?"

"아니, 일개 병사 놈들이 무슨 돈이 있다고 그걸 매일 처먹
습니까?"

이 총관은 이해가 되지 않았다.

흑청수나 육겹면포의 가격은 절대 만만치 않았다. 웬만한
요리의 대여섯 배 가격.

장일룡의 미간이 와락 구겨진다.

"그게 다 그 미친 육의문 장군 때문이우. 한빙주 몇 동이를 거나하게 처드시더니 휘하의 병사들에게 한 달 동안 조가성 심당의 요리를 마음껏 맛보게 해 주겠다고 호언장담했다지 뭐유. 대장부라는 육 장군이 말을 뒤집을 수도 없는 노릇이고. 아마 본인도 땅을 치고 후회하고 있을 거요."

제갈운이 화들짝 놀랐다.

"어쩐지 기껏해야 백 명도 안 되는 위관들이 먹는 양치고 너무 많더라니! 결국은 병사들의 몫까지 챙기려는 모양이네요!"

남궁장호의 진중한 목소리가 들려왔다.

"어쨌든 육의문 장군이 친히 친필 서신을 보내 요구해 온 마당. 이건 들어줄 수밖에 없다. 외통수야."

한 차례 고심하던 제갈운이 어쩔 수 없다는 듯 한숨을 내쉬며 결정했다.

"어쩔 수 없죠. 흑천련 몫을 삼 할 정도 돌리세요."

쾅!

"불가! 불가하다!"

부술 듯 탁자를 내려치며 벌떡 일어난 흑의 노인.

매번 어깃장을 놓는 저 죽일 놈의 노인은 흑천련이 파견한 무영왕이다.

이제는 욕지기를 참을 수 없을 지경.

장일룡이 얼굴을 험상궂게 구겼다.

"거 싯팔 진짜 해약 끊는 수가 있수다?"

무영왕이 의자를 물리더니 그대로 그 자리에 드러누웠다.

"끊어라 이 잡놈들아! 독(毒)에 뒈지든 련주님께 뒈지든 어차피 매한가지!"

"저 노인장 또 시작이네."

눈짓을 주고받던 장일룡과 염상록이 그대로 무영왕의 팔과 다리를 잡고는 회의장 바깥으로 옮긴다.

"놔라! 놔라 이 천하의 잡놈들아! 네놈들은 장유유서의 도도 모르느냐!"

장일룡이 피식거렸다.

"뭐래. 그림자 뒤에 숨어서 평생 동안 남의 모가지나 탐닉하던 노인네 주제에."

"이, 이익!"

하지만 흑천련이 괜히 무영왕을 보낸 게 아니다.

무영왕의 신형이 한 차례 부르르 떨리더니 곧 유령 같은 보법을 일으키며 사라졌다.

"젠장, 또인가."

"쳇!"

이내 장일룡과 염상록이 회의장 내부를 샅샅이 뒤진다. 천장, 창틀 뒤, 금고 뒤 등 그림자가 드리운 곳은 모조리 살피고 있는 것이다.

-이 무영왕을 물로 보는 것이냐? 눈을 씻고 찾아봐라. 찾을 수 있나. 낄낄!

저 변태 같은 노인네는 또 끝끝내 숨어서 회의를 지켜보다 지들 련주한테 보고하겠지.

그럼 또 팔왕과 수하들이 우르르 몰려와서 사업장을 훼방 놓겠다며 협박할 테고.

흑천련 이 새끼들은 도대체가 포기를 모른다.

그 순간.

이 총관이 자리에서 벌떡 일어났다.

"회, 회장님!"

"어? 어!"

회의실로 들어서는 자는 틀림없는 자신들의 회장 조휘였다.

조휘가 간부들을 향해 희미하게 웃으며 손을 흔들더니, 곧 천장의 한 구석을 바라보다 두 눈을 매섭게 빛냈다.

그의 눈동자에 순간적으로 자색 귀화가 스치자.

"으아아악!"

마치 흡입되듯 조휘의 오른손을 향해 빨려 들어온 무영왕!

"겨, 격공섭물? 사람을?"

"저럴 수가!"

아니, 무영왕이 누군가?

그의 유령신보(幽靈神步)는 사도 제일의 보법.

신기에 가까운 유령신보와 은신술만으로 흑천팔왕의 위계에 오른 입지전적인 인물이다.

일견 그 처세가 가벼워 보이긴 하나 그래도 팔왕의 일인.

화경에 이른 무인답게 그의 쇄검술 역시 강호일절이라 부르기에 모자람이 없었다.

그런 자의 모가지가 저렇게 조휘의 손에 대롱대롱 매달려 있다니!

"노인장은 누구시죠? 왜 이곳에 숨어 있는 겁니까?"

제갈운이 황급히 다가와 반갑게 웃었다.

"흑천련에서 파견 온 자예요. 그다지 신경 쓸 것 없으니 놔 드리세요."

"흑천련?"

가득 미간을 찌푸리는 조휘.

조가대상회의 회의실에 쥐새끼처럼 숨어 있는 흑천련의 고수라.

조휘는 무영왕의 멱살을 그대로 일으켜 자신의 얼굴에 갖다 댔다.

"죽고 싶단 건가."

무영왕은 마치 유리알처럼 투명한 조휘의 두 눈을 멍하게 바라보더니 이내 부르르 떨며 옷만 남기고 사라졌다.

스팟!

조휘는 손에 들린 흑의장포를 피식 웃으며 바라보더니 이내 홱 하고 던져 버렸다.

"회의 재개하죠. 제갈 부회장님. 그간의 일을 간략히 보고해 주세요."

"아, 알겠어요!"

제갈운을 비롯한 후기지수들은 조휘가 달라도 너무 달라졌다는 것을 단번에 느낄 수 있었다.

그래도 전에는 또래의 친우 같은 느낌이 남아 있었는데 이제는 느껴지는 위압감의 결이 달랐다.

마치 무림맹 최정상부의 권력자를 마주하고 있는 느낌.

그저 그의 눈만 바라보고 있을 뿐인데도 손에 땀이 흠뻑 밸 지경이었다.

곧 제갈운이 지금까지의 상황을 간략히 정리해 보고하기 시작했다.

묵묵히 듣고 있는 조휘.

예전이었다면 보고 내용에 따라 시시각각 표정이 바뀌며 감정을 드러냈을 테지만 지금은 아무런 변화도 없었다.

그야말로 일말의 동요도 없는 얼굴.

제갈운은 더욱 긴장할 수밖에 없었다.

"잘하고 계셨네요."

그런 조휘의 음성이 들려온 그 순간 겨우 안도의 한숨을 내쉬는 제갈운.

그러나 말만 칭찬하는 투였지 그 얼굴은 아직도 냉랭하기 그지없었다.

"다만 아쉬운 점이 몇 가지 있습니다."

깊게 가라앉아 있는 조휘의 음성에 제갈운은 더욱 긴장했다.

"분명 남궁 가주께서 얼굴이 알려지지 않은 세가의 무사들을 보내 주셨을 텐데요? 한데 제갈 부회장님의 보고에서는 그들을 활용한 흔적을 찾을 수 없네요. 그랬다면 흑천련의 강짜는 몰라도 동네 왈패들에게 입은 피해는 꽤 줄일 수 있었을 텐데요."

제갈운이 난감한 얼굴을 하다가 시선으로 남궁장호를 가리켰다.

조휘가 피식 웃었다.

"남궁 형님의 눈치를 보셨던 겁니까?"

"그런 것도 있었지만 흑천련은 늘 팔왕이 움직였어요. 회장님께서 부재중인 이상 저희 쪽에서는 대적할 만한 고수가 없었어요."

"저는 흑천련을 말하지 않았습니다. 사소한 시비들로 입은 피해를 왜 줄이지 못했냐는 거죠."

"……죄송합니다."

채찍을 줬으니 당근을 줄 차례.

조휘의 얼굴이 언제 그랬냐는 듯 밝아졌다.

"반면 광맥의 개발을 완료하고 석탄을 생산하기 시작한 일은 굉장히 고무적이군요. 시기가 아주 적절합니다. 정말 잘

하셨습니다. 팽 팀장이 꽤나 고생했겠군요."

"감사…… 그런데 시기가 적절하다니요?"

조휘가 의미심장하게 웃으며 시선으로 창가를 가리켰다.

서둘러 다가가 창밖으로 고개를 내미는 조휘 일행들.

"뭐, 뭐야 저게!"

"저, 저게 다 철광석이라고?"

끝도 없이 이어진 작은 수레들의 행렬!

한데 수레를 끄는 동물이 말(馬)이 아니라 노새(騾)다.

노새라면?

맹렬히 두뇌를 회전하던 제갈운이 신음성을 흘렸다.

"세상에! 사천의 철광석이군요!"

저토록 많은 노새를 보유하고 있는 곳이라면 촉산의 험로를 지배하고 있는 가문, 사천당가밖에 없었다.

과연, 철의 사천이라더니!

너무나 터무니없는 양이지 않은가.

저 정도 양이라면 안휘에서 보내오는 양의 열 배는 되어 보였다.

"이 정도 행렬이 보름마다 한 번씩 올 겁니다. 이제 H빔, 아니 철골 만들어야죠."

철방을 관리하고 있는 이 총관의 얼굴이 창백해졌다.

"아, 아니 저 많은 걸 다……!"

조휘의 매서운 눈초리가 이 총관을 향했다.

"소화하실 수 있겠죠? 제 기억으론 분명 주괴공방으로 오는 철광석이 너무 적다고 투덜거리셨는데."

"그래도 저런 양은 너무⋯⋯."

"아 그래요?"

"하, 하겠습니다!"

그제야 흡족한 얼굴이 된 조휘가 별안간 눈을 빛냈다.

"그리고 끊으세요."

"예? 뭘?"

조휘가 흑천련 총단 방향을 죽일 듯이 노려봤다.

"흑천련에 대한 조가대상회의 모든 공급을 중단합니다. 미친개처럼 굴어 대니 이제 길들여 줘야죠."

第31章.

31 章.

　흑천련을 향하던 조가대상회의 모든 상품들이 조휘의 명령에 의해 공급이 중단되었다.

　한데 조금이라도 양이 줄어들면 거품을 물고 길길이 날뛰던 예전과는 달리 이번에 흑천련은 아무런 반응이 없었다.

　조휘는 아랑곳하지 않고 계속 일에 열중했다.

　대량의 석탄을 재고로 확보했으니 이 총관과 함께 거대한 용광로의 설계를 상의했고, 남궁세가에서 파견 나온 무사들도 물샐틈없이 각 동선에 배치했다.

　흑천련으로 향하던 물량을 모두 장군부에 공급하여 강서에서 더욱 탄탄하게 입지를 다졌으며, 이에 조가대상회를 향한 육의문 장군의 호감은 하늘 끝에 다다를 지경이었다.

모든 것이 순조로운 와중에서도 단 하나 걸리는 것이 있었는데, 바로 무림맹으로 향하던 설화신주와 흑청수였다.

흑청수는 몰라도 설화신주마저 공짜로 진상을 해야 하다니!

설화신주의 엄청난 가격을 생각하면 그것은 조휘에게 있을 수 없는 일이었다.

하지만 술 한 병으로 강호제일세(江湖第一勢)를 달랠 수만 있다면 그것도 괜찮은 투자라며 애써 납득하는 조휘였다.

한편 그를 가장 고뇌에 빠뜨리는 것은 한빙주와 흑청수였다.

당장이야 흑천련에 공급하던 물량을 빼돌려 문제를 처리했다지만 근본적으로는 해결된 것이 아니었다.

지금도 상당한 물량을 안휘에서 강서로 빼 오는 판국이라 합비 계열상들의 불만이 폭주하고 있는 상황이었다.

공급 물량 자체가 너무 부족한 상황.

사방으로 숙수들을 모집하여 빠르게 교육을 끝내고 현장으로 투입하고 있었지만 아무리 점포를 늘려 본들 가내 수공업 수준으로는 강서 전체를 달랠 수가 없는 것이다.

이제 필요한 것은 결단.

가내 수공업 정도에 그칠 것이 아니라 산업(産業) 수준으로 규모를 끌어올려야 강서를 통째로 먹을 수 있다.

회탁의 한편.

십 층 전각 설계도해의 완성을 위해 막바지 작업에 열중하고 있는 제갈운의 귓가에 조휘의 중얼거리는 듯한 음성이 들려왔다.

"조가식품(曹家食品)을 설립. 육겹면포와 흑청수를 대량 생산하려면 반조리된 재료들을 원천 공급해야 차원이 다른 물량을 찍어 낼 수 있다. 조가양조장도 조가주류(曹家酒類)로 개명하고 철방의 분업 시스템을 적용. 현재의 수십 배 물량으로 한빙주를 증산하여 강서 전체를 장악하고 물량에 여유가 생긴다면 다른 판매 루트를 개척한다. 최단 거리의 성은 호북(湖北)."

간간이 의미 모를 단어들이 조휘 입에서 튀어나오고 있었지만 그가 또 다른 엄청난 계획에 돌입했다는 것을 제갈운이 눈치 채지 못할 리 없었다.

"혼잣말이라 섭섭한데요? 저도 상세히 알 수 있을까요?"

조휘가 씨익 웃었다.

"아무렴요. 부회장님."

포양호 변 조가객잔 내부.

남궁장호와 장일룡이 술잔을 주고받았다.

"크으, 남궁 형. 내가 조휘 형님 밑으로 들어오면서 가장 행복한 게 뭔 줄 아우?"

"그 이야기는 질리지도 않나."

"아니, 이 귀한 한빙주를 마음만 먹으면 공짜로 먹을 수 있는데 그런 영화를 누릴 수 있는 자가 안휘와 강서를 통틀어 고작 몇 명이나 되겠수?"

염상록도 동의한다는 듯 고개를 끄덕이다 은근슬쩍 자신의 술잔을 채운다.

미간을 꿈틀거리던 장일룡이 염상록의 손목을 억세게 붙잡았다.

"새끼! 술잔을 비우는 속도가 너무 빠르다?"

"이런 싯펄! 네놈하고 별 차이도 나지 않는다고!"

장일룡의 가슴 근육이 실룩거린다.

"부장하고 사원하고 위계가 다르다고 이 새끼야! 아니꼬우면 승차하든가?"

그때 구석진 자리에서 손톱을 정리하고 있던 희멀건 얼굴의 진가희가 순식간에 한빙주가 담긴 병을 통째로 낚아챘다.

꿀꺽꿀꺽!

"야 이 창백한 년아!"

"저, 저년이!"

탁!

진가희가 술병을 거칠게 탁자에 내려놓으며 긴 머리칼을 스윽 쓸어 올렸다.

"팽 소협 어딨어?"

그런 진가희의 물음에 모두가 그녀의 시선을 외면하며 딴

청을 피웠다.

진가희가 코웃음을 치며 비릿하게 웃었다.

"꼴에 같은 사내들이라고 편들어 준다 그거지?"

"같은 '인간'으로서 편들어 주는 건데?"

"흠. 도대체 그놈은 왜 그리 여자에 약한 거유?"

이 일에 대해서는 한사코 침묵하던 남궁장호마저 이번엔 끼어들었다.

"그 전에…… 여자로 보는 것 자체가 이상한 게지."

"뭣?"

남궁장호는 귀신처럼 창백한 진가희의 얼굴에 잠시 주춤하다 이내 정광 어린 눈빛을 빛냈다.

"사람을 해(害)하여 공력을 쌓아 본들 그것이 무슨 의미가 있겠나? 그런 비인외도의 무공을 위해 인간임을 포기한단 말인가?"

"호호, 고작 피를 조금씩 나눠 주는 일에 무슨 비인외도(非人外道)까지 운운해요?"

미묘한 웃음을 짓고 있는 진가희를 향해 남궁장호가 진득하게 경고했다.

"이곳이 정도의 영역, 아니 남궁의 영역이었다면 분명 그대는 내 손에 의해 무림맹으로 압송되었을 것이다."

"와! 동료를?"

남궁장호의 입매가 기이한 각도로 비틀렸다.

"동료?"

남궁장호가 벌떡 일어나며 더욱 차갑게 얼굴을 굳혔다.

"그대의 처지를 명확하게 인식시켜 주지. 내 눈에 사람의 피를 탐닉하는 그대는 남옥혈마(南嶽血魔)와 다르지 않다."

이십 년 전 희대의 살성 남옥혈마는 수없이 살생을 저지르다 끝내 무림맹의 협사들에 의해 척살되었다.

무림 공적이라는 화려한 경력의 마인을 자신과 견주자 오히려 진가희는 들뜬 표정을 했다.

"호호! 영광이네요! 본 녀가 남옥혈마님과 어깨를 나란히 하다니!"

"으, 미친 년!"

질린다는 듯 절레절레 고개를 젓고 있는 염상록.

남옥혈마의 살행은 정사를 가리지 않았다. 사파 역시 남옥혈마에 의해 많은 피해를 입은 터였다.

그가 괜히 무림 공적(共敵)이던가?

"흥이 상했군. 난 이만 가 보겠다."

남궁장호가 객잔을 나가자 장일룡과 염상록도 자리를 털고 일어났다.

장일룡이 진가희를 힐끗 쳐다봤다.

"도가 넘었수. 작작하란 말이우. 나나 이놈은 몰라도 남궁 형님의 심기를 계속 건드리는 건 위험할 텐데?"

진가희가 코웃음을 쳤다.

"흥! 제깟 놈이 이 독매홍을?"

그녀의 그런 모습에 한 차례 한숨을 내쉬던 장일룡이 바삐 걸음을 놀려 남궁장호를 따라잡았다.

조가대상회의 숙소로 돌아가는 길.

그렇게 그들이 어둑한 골목 어귀를 돌았을 때, 갑자기 남궁 장호가 몸을 낮췄다.

"살기(殺氣)다!"

"뭐요?"

츠츠츠츠츠츠!

은밀한 그림자의 물결이 사방에서 옥죄어 온다.

골목 어귀의 칠흑과도 같은 어둠 속에서 마침내 한 인영이 몸을 드러내고 있었다.

날카로운 쇄검의 역방향 칼날이 월광 아래 눈부신 은빛으로 빛났다.

"살(殺)!"

그렇게 복면 사내가 외치자, 야공 아래 살수들이 동시에 유령처럼 몸을 드러냈다.

기왓장 위, 담벼락 위, 측백나무 위.

남궁장호는 일단 자신의 범위 안에 들어온 세 살수를 향해 거침없이 검을 휘둘렀다.

"제왕단천!"

좌아아아아아!

강맹한 세 줄기의 검기가 모든 것을 부수며 짓쳐 옴에도 살수들은 미동조차 하지 않았다.

그대로 살수들의 몸을 통과해 버리는 검기!

"싯팔! 허상이잖수! 그리고 그놈의 초식명 외치기는 좀 안 하면 안 되우? 그럴 바엔 그냥 머리에 붙이고 다니시우! 나는 남궁세가의 소가주다!"

장일룡이 절정의 외공 영세철갑신을 일으킨 채 그대로 포탄처럼 쏘아져 담벼락을 들이받았다.

콰쾅!

"크하하핫! 모조리 죽여 주마!"

진무역천권(眞武逆天拳)

제삼권(第三拳).

역천구격세(逆天九擊勢).

강력한 진각에 이은 아홉 권격!

아홉 줄기의 권격이 물결처럼 퍼져 나가자 영향권 내의 땅거죽이 모두 뒤집어졌다.

순간 살수들의 신형이 동시에 땅으로 꺼지듯 사라졌다.

콰콰콰콰콰쾅!

애꿎은 전각들 몇 채만 형체를 알아보기 힘들 정도로 박살 났다.

스팟!

허공 위에서 느껴지는 소름 끼치는 살기!

남궁장호와 장일룡이, 눈이 찢어져라 허공을 쳐다봤을 때는 이미 모든 것이 늦은 상황이었다.

　하늘에서 수백 자루의 은빛 쇄검들이 일제히 비처럼 쏟아진다.

　쏴아아아아아!

　"크윽!"

　"끄아아악!"

　뒤늦게 정신없이 손발을 놀려 막고 피했지만 수백 자루의 쇄검을 모두 막기에는 역부족!

　남궁장호가 자신의 어깻죽지와 허벅지, 복부에 박힌 여덟 자루의 쇄검을 뽑으려는 순간 그의 신형이 휘청거렸다.

　남궁장호가 아득해지는 정신을 겨우 부여잡으며 거칠게 바닥에 검을 꽂았다.

　"……독(毒)?"

　"크아아악! 젠장!"

　장일룡은 절정의 외공인 영세철갑신을 익히고 있어 상처가 좀 덜했으나 독에 중독당한 것은 매한가지였다.

　이들의 우두머리로 보였던 복면 사내가, 월광 아래 새하얀 치아를 고르게 드러냈다.

　씨익.

　"클클, 그래 봤자 후기지수 수준이지."

　고작 비무대 위에서 쌓은 실력과 경험으로는 자신들의 상대가 될 수 없었다.

꼴에 명가의 후기지수들이라고 무식하게 공력만 높을 뿐, 실상은 타격하기 좋은 허수아비에 지나지 않았다.

"아이고!"

뒤늦게 장내의 중심에 나타난 염상록!

그가 거대한 사슬낫을 눈부신 솜씨로 휘휘 돌리더니 그대로 지면에 박았다.

휘리리리릭!

쿵!

"아이고! 흑월특무대(黑月特武隊) 형님들 아니십니까!"

염상록은 사슬낫의 날을 핥으며 여유롭게 웃고 있었지만 긴장하는 속내를 모두 감추지는 못했다.

남궁장호와 장일룡이 그의 떨리는 몸을 바라보았다.

제 사부인 마겸왕 앞에서도 강짜를 부리던 놈이 긴장감에 저리도 몸을 떤다?

남궁장호가 처절하게 입술을 깨물며 독을 몰아내던 내력을 천천히 운문혈로 흘려보냈다. 언제라도 발검(拔劍)할 수 있도록.

"네놈은 비켜라."

장일룡은 단숨에 저들의 위계를 눈치챘다.

흑살의 위계를 지닌 마겸왕의 제자에게 '네놈'이라 칭할 정도면 저들은 천살이다.

만약 저들 개개인 모두가 천살이라면 자신들은 죽은 목숨
이나 마찬가지였다.

천살의 위계에 오르려면 기본적인 조건이 초절정. 게다가
그런 천살 중에서도 몇몇은 화경에 이른 자들도 있었다.

얼핏 잡아도 그 수가 스물.

장일룡이 퉤 하고 침을 뱉었다.

"싯팔, 작정을 했네 아주."

장일룡이 몸을 일으키며 남궁장호를 흘깃 응시했다.

"남궁 형. 빨리 조휘 형님을 데려오시우."

영세철갑신 때문에 그나마 자신의 상태가 더 나았다. 남궁
장호 쪽이 더욱더 빠른 치료가 필요한 상황.

한데 남궁장호는 악귀처럼 얼굴을 일그러뜨렸다.

"갈(喝)!"

적에게 등을 보이라고?

제왕의 검을 익힌 검수에게?

순간 남궁장호의 검에서 막중한 기세의 검기가 피어올랐다.

"네놈이나 도망쳐라!"

남궁장호의 신형이 빛살처럼 쏘아진다.

이어 모든 내공을 쏟아 펼친 제왕의 검!

제왕검형(帝王劍形).

후일식(後一式) 제왕진천무(帝王震天舞).

그것은 아직 미완성의 검이었으나 그가 펼칠 수 있는 가장

강력한 검초였다.

막강한 제왕의 기운이 일어난다.

푸르스름한 검기의 물결이 거대한 파도가 되어 그대로 살수들을 덮친다.

쏴아아아아아!

워낙 기습적인 검초였기에 미처 대비하지 못한 살수 하나가 푸른 검기에 그대로 적중되었다.

"크윽!"

흑월특무대주 갈천이 몸을 내빼며 이를 뿌득 갈았다.

'그래도 명문은 명문이구나!'

저 무식한 푸른 검기의 파도를 보라.

말로만 제왕검 제왕검 들어 봤지 도무지 후기지수의 손으로 펼친 검식이라고는 믿을 수 없는 신위였다.

순간 갈천의 신형이 흐릿해졌다.

"조심해!"

비명에 찬 염상록의 음성!

흑월특무대가 무서운 것은 개개인이 강해서가 아니다.

갈천이 움직이자 특무대원들도 하나같이 신형이 흐릿해졌다.

엄청난 속도로 쇄도해 오는 쇄검 다발들.

수십여 명이 펼치는 연수합격살예이자, 또다시 드러난 흑월특무대의 상징, 야월비살무(夜月飛殺舞)다.

쐐애애애애애!

"씨발! 씨바아아알!"

염상록의 눈빛이 변했다.

그의 눈에서 살을 에는 듯한 살기가 뿜어 나오자, 그의 성명절기 수라살마겸이 폭풍처럼 장내를 휘몰아쳤다.

가가각!

카캉! 카캉!

벌게진 눈으로 수없이 쳐 내고 있었지만 쇄도해 오는 모든 쇄검을 막을 수가 없었다.

"끄아아아아아악!"

염상록이 참혹하게 난자당하며 쓰러진 그때.

"호호호호!"

교교한 월광 아래 유유히 경공을 시전해 오며 그대로 채찍을 휘두르는 진가희.

촤아아아악!

"오빠들, 생각보다 허약하네?"

온몸으로 번져 가는 독을 필사적으로 억누르면서도 눈을 크게 뜨며 진가희의 등을 바라보고 있는 남궁장호.

푸르죽죽해진 그의 얼굴에는 놀라움보다는 황당함이 서려 있었다.

저 여자가 지금 제정신인가?

최소 초절정의 경지에 이른 천살이 스물!

비록 미완성이긴 하나 자신의 내공을 모두 쥐어짜 펼친 제왕검형을 유령 같은 신법 하나로만 피해 내는 고수들이다.

장일룡의 놀라우리만치 강맹한 권격도, 염상록의 잔혹한 겸술도 그들에게 미치지 않는 상황.

하지만 그런 남궁장호의 우려는 이내 경악으로 바뀌어 갔다.

츠츠츠츠츠츠츠!

뱀처럼 영활하게 나부끼던 진가희의 혈강편에서 더욱 막강한 기세가 뿜어 나오자.

"헐!"

"저, 저년 저거!"

장일룡과 염상록의 두 눈이 찢어질 듯 부릅떠져 있었다.

아지랑이처럼 일렁이기 시작한 핏빛 기운이 진가희의 전신에서 발산되고 있었기 때문이다.

남궁장호가 씹어뱉듯 신음성을 흘렸다.

"……진무화(眞武花)라고?"

저건 분명 그녀의 내공이 유형화되어 외부로 발산되고 있는 현상, 즉 진무화다.

물론 조휘가 보여 준 것처럼 엄청난 압박감이 느껴지진 않았지만 설사 초입이라고 해도 명백한 화경의 상징!

남궁장호로서는 큰 충격이 아닐 수 없었다.

'도대체가……!'

아무리 화산소룡 청운소가 부재중이었다고는 하나 자신은

지난 소룡대연회의 우승자다.

화산소룡을 뺀 나머지 모든 정파의 후기지수들 중에서는 으뜸이란 뜻.

반면 저 진가희는 강호, 아니 사파에서조차 거의 무명에 가까운 후기지수다.

그런 여인이 자신도 이룩하지 못한 화경의 초입을?

남궁장호로서는 도무지 이해가 되지 않았다. 그것은 장일룡과 염상록도 마찬가지.

하지만 그들이 이해하지 못하는 것은 당연했다.

진가희가 익히고 있는 혈사심천공(血蛇心泉功)의 특수성을 제대로 알고 있는 사람이 없었기 때문.

절대경 무인의 피는 그녀에게만큼은 전설의 공청석유와 동일했다.

그런 절대경 무인의 핏물이 가득 담긴 웅덩이를 모조리 마셔 버린 것.

사실 강호에 열 명 남짓한 절대경 고수의 피를 섭식한다는 것은, 어쩌면 그녀에게 공청석유를 발견하는 것보다 더 진귀한 기연이었다.

그야말로 엄청난 기연이 찾아온 것이다!

그때, 흑월특무대주 갈천이 유령처럼 다시 월광 아래 몸을 드러냈다.

"둘 다 제정신이냐?"

염상록과 진가희는 흑천련 휘하의 흑살과 귀살이다.

흑월특무대를 막아선다는 것은 반역에 해당하는 대죄.

무엇보다 전원 천살로 구성된 자신들과 맞선다는 것부터가 이해되지 않았다.

그럼에도 저년이 독편살왕의 제자라는 것이 꺼림칙했다.

독편살왕의 사독칠철편은 자신들의 야월살예와 극상성!

더욱이 무슨 술수를 부렸는지는 몰라도 지금 저년은 진무화를 드러내고 있지 않은가?

"호호호! 충분히 제정신인데!"

한껏 내공을 끌어올린 채 긴 머리칼을 쓸어 올리고 있는 진가희.

"미쳤군."

진가희가 와락 얼굴을 구겼다.

"쌍! 개나 소나 다 미친년이래!"

사독칠절편(邪毒七絶鞭).

제육절(第六節).

회겁살황편(回劫殺荒鞭).

그녀의 채찍이 어마어마한 속도로 휘돌더니 이내 수많은 소용돌이가 되어 사방으로 뻗어 나갔다.

촤촤촤촤촤촤촤!

진가희는 거기에 그치지 않고 전광석화처럼 채찍을 회수하더니 허공으로 도약했다.

사독칠철편(邪毒七絶鞭).

제사절(第四節).

비쇄팔첨편(飛碎八尖鞭).

칼날처럼 날카로운 기운을 머금은 혈강편이 여덟 개로 분화되며 눈부신 속도로 지상을 향해 쇄도했다.

쐐애애애애액!

그건 마치 두 사람이 연수합공을 펼치는 듯한 광경!

갈천이 감히 경시하지 못하고 벼락같이 외쳤다.

"환(幻)!"

그러나 진가희의 공격이 반 박자는 빨랐다.

유령처럼 스르르 사라지는 특무대원들!

하지만 회오리를 피하려던 자들은 날카로운 칼날에, 칼날을 피하려던 자들은 강맹한 회오리에 휩쓸려 갔다.

"크아아악!"

"커헉!"

갈천의 눈빛이 일변했다.

단 한 번의 공격으로 대여섯이 부상을 입었다.

역시 사독칠철편!

저 엄청난 광역편술(廣域鞭術)은 다수를 상대하는 데 가장 특화된 무공이다.

갈천이 눈짓하자 특무대원들의 신형이 또다시 흐릿해졌다.

쐐아아아아!

엄청난 속도로 쏟아지고 있는 쇄검의 물결!

장일룡이 영세철갑신을 일으켜 포탄처럼 뛰쳐나갔다.

한 치의 군더더기도 없는 저 합격살에, 야월비살무의 소름 끼치는 위력을 너무나도 잘 알고 있었기 때문이다.

강력한 외공을 지닌 자신이 막는 것이 최선!

한데, 펄럭이는 치맛자락이 그의 시야에 가득 차오른다.

월광 아래 나부끼는 긴 머리칼!

여전히 막강한 경기를 내뿜으며 너울거리고 있는 혈강편!

이어 마치 환상과도 장면이 펼쳐진다.

사독칠철편(邪毒七絶鞭).

제오절(第五節).

혈광만첩편(血光滿疊鞭).

상상할 수 없는 속도로 휘돌던 혈강편이 엄청난 수로 분화하더니 이내 핏빛 안개가 되어 거대한 방패처럼 허공에 드리워졌다.

챙챙챙챙!

결국 수백 자루의 쇄검들이 혈광만첩편을 뚫지 못하고 모두 바닥에 떨어졌다.

그런 진가희의 모습을 장일룡이 멍하니 쳐다보고 있었다.

"와 씨⋯⋯!"

싸, 쌀 것 같다!

날 가져라!

갈천이 이를 뿌득 갈았다.

불안했던 것이 바로 이거였다.

사독칠철편의 방어 절초!

채찍이라는 무기의 장점을 극대화시킨 그 초식은 비도술과 완벽한 상극 그 자체였다.

갈천이 진득한 눈으로 상황을 살폈다.

내공으로 독을 다스리면서도 끝까지 지독한 눈빛으로 상황을 살피고 있는 남궁 놈!

언제든지 뛰쳐나올 것처럼 독사 같은 표정을 하고 있는 염상록!

극한의 외공을 일으켜 전신에 김이 모락모락 나고 있는 근육 놈과, 갑자기 제 사부 같은 경지를 보이고 있는 미친 독매홍까지!

"철수한다!"

그렇게 유령처럼 사라지는 특무대원들을 쳐다보다 염상록이 털썩 주저앉았다.

"싯펄······."

그는 겨우 위기를 모면했다는 안도감보다 완벽하게 흑천련의 배신자가 된 점이 더욱 뼈아팠다.

"······인생이 뭐 이러냐."

왜 그랬는지는 자신도 몰랐다.

아무튼 좆된 것만은 확실했다.

진가희의 혈강편이 그녀의 소매 속으로 촤르르 감겨 올라 갔다.

"하아, 하아……!"

그녀는 가쁘게 숨을 내쉬고 있었지만 자신의 무위를 확인 한 것이 더욱 기쁜 듯했다.

진가희가 남궁장호를 쳐다보며 싱긋 웃었다.

"동료가 아니야?"

남궁장호도 피식 웃으며 천천히 허물어졌다.

"압송은 취소……."

내부의 독 기운과 싸우다 긴장이 풀어져 정신을 잃어버린 것이다.

"이런! 빨리! 빨리 대상회로!"

장일룡이 남궁장호를 들쳐 업고는 정신없이 내달리자 염 상록과 진가희도 경공술을 일으켰다.

◆ ◈ ◆

조휘가 옥함을 열자 시원하고도 청량한 한기가 사방으로 뿜어지고 있었다.

"아아……!"

너무나도 순결한 백색의 빙정.

그것은, 만지면 부서질 것만 같은 작은 얼음 결정이었지만 한설현은 보자마자 천빙령(天氷靈)임을 알아볼 수 있었다.
내부의 빙백신공이 거칠게 요동치며 반응하고 있었기 때문
이다.

조휘가 조심스럽게 질문했다.

"이 정도 양이면 되겠습니까?"

한설현이 정신없이 고개를 끄덕였다.

"아아! 충분해요!"

단지 뿜어진 한기를 접한 것만으로도 이토록 빙백신공이
반응할 정도면 오히려 차고도 넘치는 양. 오라버니인 한설백
도 고작 두 냥의 천빙령을 복용했을 뿐이었다.

한설현이 물기 가득한 눈으로 조휘를 응시한다.

당가인의 지독함, 그 편협함은 익히 들은바, 곱게 내줬을
리가 만무하다.

천빙령의 가치는 북해인인 자신이 누구보다도 잘 알고 있
었다.

한설현이 자리에서 일어나 크게 대례(大禮)했다.

"한설현, 제 빙가지명을 걸고 반드시 이 은혜를 갚겠어요."

한설현의 그윽한 눈빛, 그 아리따운 자태에 조휘는 아찔함
을 느꼈다.

"뭐, 뭘요. 이건 다 거래의 일환입니다. 이제 제가 얼음으
로 걱정하는 일은 없겠습니까?"

한설현이 자신만만한 얼굴을 했다.

"물론이에요. 이 정도 양이라면 빙인(氷人)의 경지를 반드시 이룰 수 있을 거예요."

"좋아!"

강서로 온 이후 얼음 걱정 때문에 잠을 이루지 못한 것이 한두 번이 아니었다.

조휘가 한설현에게 옥함을 건네주며 자리에서 일어났다.

"제가 호법을 서죠. 쇠뿔도 단김에 빼라고 지금 바로 시작합시다."

"네!"

한설현의 떨리는 손이 천천히 천빙령을 향한다.

"아아!"

손에 닿자마자 그녀는 전율이 일었다.

거칠게 요동치는 빙백신공!

순간 천빙령이 더욱 새하얀 광휘를 내뿜더니 그대로 한설현의 손에 모두 흡수되었다.

순간 한설현의 얼굴이 새하얗게 질려 버렸다.

마침내 서리가 끼기 시작한 그녀의 얼굴!

천빙령의 엄청난 한음빙기(寒陰氷氣)가 그녀의 전신을 휘감은 것이다.

한설현이 그대로 가부좌를 틀었다. 이미 그녀의 의복 겉면에도 살얼음이 서리기 시작했다.

츠츠츠츠츠!

빙백신공의 엄청난 한기가 조가대상회의 회의실을 덮쳤다. 회의실 전체가 순식간에 빙고처럼 변해 버린 것이다.

그때.

"조휘 형님!"

남궁장호를 등에 업은 채 회의실 내부로 들어서는 장일룡의 얼굴은 야차처럼 구겨져 있었다.

그런 장일룡의 신색을 살핀 조휘가 잠시 크게 놀란 듯했으나 금세 동요를 멈추고 손가락을 입술에 갖다 댔다.

절체절명 대공(大功)의 순간!

지금 이 순간의 기회를 주화입마로 날려 버린다면 한설현으로서는 일생의 한으로 남을 것이다.

장일룡도 빙고처럼 차가워진 회의실 내부를 살피다 가부좌를 틀고 있는 한설현을 발견했다.

그와 함께 속속 도착한 염상록과 진가희도 한설현이 대공을 앞두고 있다는 것을 직감했다.

화아아아아!

한설현의 주위로 부드러운 빙화(氷花)가 어지럽게 피어났다.

빙화는 반사된 월광에 의해 교교한 빛깔의 결정이 되어 사방으로 흩날리더니 천천히 그녀의 주위를 맴돌기 시작했다.

조휘는 그런 빙화의 물결 속에서 강력한 자연의 정기를 느꼈다.

굳이 설명을 듣지 않아도 알 수 있었다.

저것이 그녀의 모든 것이라는 것을.

빙화의 물결은 부드러웠던 처음과는 달리 이내 엄청난 속도로 휘돌기 시작했다.

순식간에 매서운 북풍한설처럼 변한 빙화의 물결로 인해 회의실 내부에 있던 모든 사물들이 거칠게 빨려 들어갔다.

경악한 조휘가 장일룡 일행을 향해 강렬한 눈빛을 보냈다.

"피해!"

콰콰콰콰콰콰!

조휘는 의념을 일으켜 회의실을 보호하고 싶었지만 그럴 수가 없었다.

물론 자신의 검천대신공이나 마신공은 정순하기 짝이 없는 내공이지만, 빙공을 익히고 있는 한설현의 입장에서는 혼탁한 사기가 될 수가 있었기 때문이다.

저렇게 순수한 빙정의 기운이 외부로 발출되어 있을 때 다른 종류의 내공에 영향을 받아 버린다면 그녀의 빙공 자체가 괴이한 성질로 변할 수도 있는 것이다.

뿌지지지직!

우지끈!

용권풍처럼 변한 빙화의 물결로 인해 회의실의 전각 전체가 통째로 찢겨 하늘로 솟구쳤다.

한데 그 순간, 모든 빙화의 기운이 씻은 듯이 사라진다.

월광 아래 천천히 지상으로 하강하고 있는 한설현.

"흥!"

진가희가 콧방귀를 뀌며 그런 그녀의 모습을 외면했다.

아직 한설현의 주위로 잔상처럼 남아 있는 빙화의 물결, 그 부드러운 기운들.

그 기운의 성질이, 진무화를 이룬 화경의 무인만이 알아볼 수 있는 종류였기 때문이다.

조휘가 흐뭇하게 웃으며 한설현의 대공을 축하하다가 차갑게 얼굴을 굳혔다.

저벅저벅 걸어가 장일룡의 앞에 선 조휘.

피투성이가 된 채로 시체처럼 축 늘어져 있는 남궁장호를 살피던 조휘가 비릿하게 웃었다.

"흑천련?"

장일룡이 정신없이 고개를 끄덕였다. 허튼소리를 했다간 조휘에게 죽을 것 같았기 때문이다.

조휘가 흑천련 총단을 향해 천천히 시선을 옮겼다.

급격하게 수축하는 그의 동공을 바라보며 염상록은 자신도 모르게 뒤로 물러났다.

순간적으로 스쳤던 자색 귀화.

그것은 사람의 눈이 아니었다.

◆ ◆ ◆

사흘 전.

흑천련주 흑천대살은 약왕을 대전으로 불렀다.

-그대들이 보름마다 먹고 있는 무형지독의 해약은 다름 아닌 활력진단이오.

화, 활력진단(活力眞丹)?

활력진단을 모르는 이는 없었다.

그 유명한 생사의문(生死醫門)이 자랑하는 보약이자 자양강장제!

흑천대살은 보름마다 조가대상회가 가져다주는 해약(?)을 당장 폐기할 것을 지시했다.

그제야 자신들이 애초부터 독에 당한 것이 아님을 깨달은 흑천련의 고수들.

부들부들!

지금까지 이 해약 때문에 얼마나 많은 것들을 참아 왔는데!

흑천대살은 곧바로 수하들의 분노를 이용했다.

-지금부터 조가대상회와의 관계를 모두 끊고 그놈들의 사업장들을 모조리 접수한다!

애초부터 포양호의 땅을 조가대상회에게 무상으로 내준 것은, 그들이 애써 발전시킨 상권을 후일 고스란히 따먹기 위함이었다. 굳이 잘 차려 놓은 밥상을 마다할 필요가 없는 것이다.

무엇보다 오 할의 전매권을 보장하겠다던 약속을 먼저 깬 것은 조가대상회. 삼 년은커녕 반년도 지나지 않아 합의를 파기한 것이다.

흑천대살은 실소를 머금을 수밖에 없었다.

강호의 세계에서 상대에게 먼저 명분을 내준다는 것이 얼마나 어리석은 일인가.

특히나 한낱 상회(商會)에 불과한 놈들이다.

삼패천의 위명을 지닌 자신들을 상대하는 수라고는 믿을 수 없을 만큼 허술하다.

흑천련의 창고들은 이제 모두 절강으로 옮긴 마당.

믿는 것이라고는 그 악귀탈 놈 하나밖에 없을 텐데, 놈이 아무리 절대경이라고 하나 이제 할 수 있는 것이 없었다. 치고 빠지기를 하고 싶어도 '칠 것'이 없는 것이다.

한데 시작부터 일이 삐걱거렸다.

대전으로 들어와 황급히 부복하는 전령귀살.

"련주님! 흑월특무대가 돌아왔습니다! 한데 임무에 실패했다고 합니다!"

"실패?"

신경이 쓰이는 조가대상회의 무력이라고는 악귀탈 놈 하나밖에 없었다.

한데 흑월특무대의 임무는 악귀탈을 상대하는 것이 아니 었다.

"고작 서넛에 불과한 정파의 후기지수들을 처리하지 못했다고?"

정파의 후기지수들 몇몇이 조가대상회의 중추를 실질적으로 관리하고 있다고 들었다. 그렇게 팔다리부터 잘라 놓으면 악귀탈 놈이 나타날 것이라 여긴 것이다.

한데 그런 쉬운 임무를 실패?

흑월특무대가?

비록 련주 직속의 특살귀령대(特殺鬼靈隊)보다는 몇 수 아래로 평가받긴 하나, 그래도 흑천련이 자랑하는 십대무력단체에 속하는 놈들이다.

흑천대살이 연신 주먹을 쥐었다 폈다 반복했다. 묘한 불안감을 느낄 때마다 나오는 그의 버릇이었다.

무엇보다 개인 임무가 있다며 출타한 암흑천살이 몇 달째 깜깜무소식인 것이 가장 꺼림칙했다.

"도대체 무슨 이유로 실패했단 말이냐?"

전령귀살이 잠시 눈치를 보다 입을 열었다.

"그것이…… 갑자기 소마겸과 독매홍이 난입하여……."

"소마겸? 독매홍?"

그놈들은 독편살왕과 마겸왕의 제자들이 아닌가?

그 모지리들이 정파의 아해들과 어울리더니 결국 물이 들었단 말인가?

한데 놈들의 경지라면 후하게 쳐줘 봐야 초절정.

"고작 그놈들이 합류했다고 흑월특무대가 패퇴하다니? 그게 말이나 되는가?"

"독매홍이 화경의 무위를 보였다고 합니다!"

"……화경?"

귀살에 불과한 계집이 하루아침에 팔왕급의 고수가 되었다고?

대전 한편에 시립해 있던 독편살왕이 음산한 눈을 빛냈다.

"무인의 피를 섭식한 게로군."

음침한 미소를 흘리던 독편살왕이 흑천대살을 향해 뚜벅뚜벅 걸어갔다.

"제가 결자해지하겠소이다."

그가 손수 나서 준다고 하니 그제야 흑천대살은 안심이 됐다.

빈틈없이 철두철미하고 냉정한 독편살왕의 성정을 흑천대살은 늘 신뢰하고 있었다.

"특살귀령대를 내주겠소."

련주 직속의 무력단이자 흑천련 최고의 고수들!

독편살왕은 굳이 마다하지 않았다. 특살귀령대라면 절대경의 무위를 지닌 악귀탈 놈이 끼어든다고 해도 충분히 상대할 수 있었다.

"련주님의 호의에 감사하외다."

이때까지만 해도 흑천대살은 조가대상회를 강서에서 지우는 것은 단지 시간문제라 생각하고 있었다.

자신들은 팔천여 고수가 구름처럼 운집해 있는 삼패천의 일천(一天), 흑천련.

그런 흑천련이, 무공을 익히고 있는 호법이라고 해 봐야 채열을 넘지 않은 조가대상회에게 진다는 것은 말이 되지 않았기 때문이다.

그렇게 흑천련의 대전에 또다시 기다림의 침묵이 드리워졌다.

◆ ◈ ◆

남궁장호의 상세는 생각보다 위중했다.

외상은 큰 문제가 없었으나 내상이 문제였다. 극독에 중독당한 채로 무리하게 내공을 운용했으니 당연한 결과.

조휘가 초초한 얼굴로 제갈운을 응시했다.

"생사의문 쪽에서는 아직 연락이 없습니까?"

조가대상회는 안휘와 강서에서 유통되는 생사의문의 생약들을 독점으로 공급하고 있었다.

오랜 거래처를 향한 의리와 체면을 생각한다면 반드시 도움을 줄 것이다.

"전서구를 보냈으니 곧 답신이 올 거예요. 조금만 더 기다려 보죠."

남궁장호의 곁에서 함께 누워 있던 염상록이 갑자기 자신의 전신을 매만지며 억울한 얼굴을 했다.

"싯펄! 이놈만 환자야? 나도 아프다고!"

정성스레 발라진 금창약, 진기요상에 도움을 주는 탕약, 골절을 치료하는 비단 틀, 침 등 각종 값비싼 치료를 덕지덕지 받고 있는 남궁장호와는 달리 염상록의 치료는 지극히 단출했다.

고작 고약 몇 장을 발라 헝겊으로 덧댔을 뿐 사실 치료랄 것도 없는 상황.

조휘의 냉랭한 눈이 염상록에게 향했다.

"넌 해독이 끝났다. 외상밖에 없는 놈이 뭘 그리 엄살을 떠는 거냐."

이미 조휘는 검천대신공의 정순한 내공으로 장일룡과 염상록의 독을 모두 몰아내 주었다.

문제는 골수에까지 독이 치밀어 검천대신공으로도 해독이 안 되는 남궁장호였지 염상록이 아니었다.

"그래도 이건 너무 차별이 심한데?"

"닥쳐 이 새끼야. 허구한 날 객잔에서 술만 축냈지 네놈이 한 일이 뭐가 있다고."

염상록이 버럭 성을 냈다.

"싯펄! 어이가 없네?"

갑자기 이불을 들춰 자신의 발을 내보이는 염상록.

"부르튼 거 안 보여? 내가 그동안 얼마나 발에 땀 나게 돌아다녔는데! 그동안 모집한 석공과 목공들이 자그마치 육십 명이라고!"

조휘가 심드렁한 얼굴로 홱 하니 고개를 돌려 창밖을 바라본다.

"한데 한 소저는 왜 이렇게 늦지?"

장일룡과 함께 각 사업장의 빙고에 얼음을 채우러 간 지도 벌써 여섯 시진이 지났다.

어느덧 찾아온 어둑한 밤.

천빙령을 복용하고 빙인의 경지, 즉 화경을 이룩한 한설현이다. 진즉 도착했어야 정상인 것이다.

조휘가 창문을 열고 지붕 위를 향해 소리를 질렀다.

"진가희!"

긴 머리칼을 휘날리며 망부석처럼 너른 포양호를 바라보고 있던 진가희가 아래를 바라본다.

"왜요?"

"한 소저가 돌아오지 않아. 네가 좀 찾아봐."

"싫은데? 내가 그년을 왜?"

양 볼을 부풀리며 조휘의 시선을 외면하고 있는 진가희.

몸이 달아오른 흑천련이 언제든지 조가대상회를 칠 수 있는 위험한 상황. 의식이 없는 남궁장호를 두고 자신이 움직일 만한 상황이 아닌 것이다.

조휘는 하는 수 없이 한숨을 내쉬었다.

"내 피 준다 이년아."

갑자기 놀라운 몸놀림으로 뛰어내려 온 진가희.

곧 그녀가 창문에 바짝 얼굴을 대더니 초롱초롱한 눈망울로 조휘를 쳐다봤다.

"정말?"

"반 홉."

반 홉(90ml)이 어딘가!

조휘의 엄청난 경지를 몇 번이고 지켜본 진가희로서는 두 눈이 휘둥그레지는 조건이다.

"존명(尊命)!"

순간, 진가희가 절정의 경공을 일으켜 순식간에 조휘의 시야에서 사라졌다.

"하⋯⋯."

짜증이 솟구치자 애꿎은 염상록의 다리만 걷어차였다.

"비켜 이 새끼야!"

"아아악! 싯펄! 왜 때려! 왜 때리냐고!"

장일룡의 감각권에 은밀한 기감들이 포착되었다.

장일룡이 곰처럼 콧김을 내뿜으며 덜컥 천상운차의 문을

열며 뛰쳐나갔다.

곧 그의 전신에서 허연 김이 모락모락 피어났다. 영세철갑신을 일으킬 때 나타나는 특유의 현상이었다.

"나오지 마슈!"

팔십여 개에 가까운 사업장을 돌며 끊임없이 빙백신공을 펼친 터라 한설현은 천상운차에 오르자마자 운기조식을 하고 있었다.

화경을 이룬 그녀도 이미 반각 전부터 살기를 감지한 상황.

운기조식의 막바지만 아니었다면 벌써부터 장일룡에게 경고를 해 주었을 것이다.

"어떤 새끼들이냐!"

꾸르르릉!

강대한 내공이 섞인 장일룡의 포효가 고요한 산상을 휘감았다.

스스스스스스!

사방에서 들려오는 풀 해치는 소리!

관도 주위의 풀숲 속에서 느껴지는 농밀한 살기는 장일룡이 상상하는 그 이상이었다.

엄청난 살기로 인해 피부가 저릿저릿해지자 장일룡의 전신 근육이 거칠게 꿈틀거렸다.

파앙!

살기를 떨쳐 낸 장일룡이 곧바로 일권을 내질렀다.

진무역천권의 강맹한 권격이 그대로 관도 변 소나무를 집
어삼켰다.

콰콰쾅!

꽈직!

은신하고 있던 시커먼 살수들이 사방으로 솟구치자 장일
룡의 신형이 포탄처럼 쏘아졌다.

"숨어 봤자 나무 위지 이 새끼들아!"

살수들을 향해 폭포수처럼 권격을 쏟아 내는 장일룡!

슈슈슉!

허공에서 몸을 비틀 수는 없었는지 한 흑의살수가 그대로
권격에 격중되었다.

빠각!

찰진 타격음을 확인하고서 한 차례 비릿하게 웃던 장일룡
이 그대로 영세철갑신을 일으켜 풀숲을 향해 질주했다.

"크하하하하! 어디에 숨었느냐! 다 기어 나와라!"

촤촤촤촤촤촤!

멀리서 그 모습을 황당하다는 듯 지켜보고 있던 독편살왕.

"그야말로 야수(野獸) 같은 놈이로군."

혀를 내두르던 그가 천천히 손을 들어 수신호를 하자.

흑천련 제일의 무력단체 특살귀령대(特殺鬼靈隊)의 진정
한 위력이 산중에 현신한다.

파파파팟!

각자의 자리에서 대기하던 특살귀령대원들이 동시에 튀어나와 관도를 장악하기 시작했다.

몇몇은 천상운차의 전후방을 틀어막았고, 남은 이들은 관도의 좌우로 늘어섰으며, 그들은 곧 풀숲을 향해 엄청난 양의 마름쇠 뿌려 댔다.

사방으로 뿌려지고 있는 별 모양의 함정암기(陷穽暗機)!

크게 놀란 장일룡이 재빨리 경공을 시전해 천상운차의 앞에 섰다.

흙빛으로 변한 장일룡의 얼굴.

작전을 구사하는 체계의 결부터 다르다.

목표물을 장악하는 그 놀라운 몸놀림들이 물 흐르듯 자연스러웠다.

장일룡은 쇄검을 뿌려 대던 놈들과는 차원이 다른 놈들이라는 것을 단숨에 느낄 수 있었다.

감각권 내에 전해 오는 살기의 파동만 봐도 개개인의 무공 수위 역시 결코 자신의 아래가 아니었다.

"싯팔, 오늘은 아무래도 길보다 흉이 많겠군."

물샐틈없이 막아서고 있는 관도의 앞과 뒤는 물론, 저토록 많은 양의 마름쇠가 깔린 마당이라 풀숲으로도 도망칠 수가 없다.

한데 장일룡을 더욱 절망하게 만드는 상황이 펼쳐졌다.

촤아아악!

"오랜만이군."

채찍을 휘두르며 어둠 속에서 몸을 드러낸 자는 독편살왕.

그는 흑천련의 팔왕 중 가장 냉정한 심계를 지닌 인물로 알려졌으며 일신의 무위 역시 팔왕의 수위를 다투는 고수였다.

폭급하게 날뛰던 마겸왕의 뒤편에서 항상 음침한 눈만 빛내고 있던 그를 장일룡도 늘 눈여겨보았었다.

"젠장……!"

장일룡이 뒤편의 천상운차 쪽을 흘깃거렸다.

점점 땀으로 축축하게 젖어 가는 양손.

이건 자신 혼자 해결할 수 있는 상황이 아니다.

"사파를 삼분하고 있는 삼패천이라는 놈들이 허구한 날 기습이냐? 불알 다 떼라 이 새끼들아."

한데 흑천련 쪽에서는 일말의 동요도 없었다.

촤아아악!

또다시 한 차례 채찍을 내려치던 독편살왕이 더욱 음침하게 웃었다.

"적을 앞에 두고 입을 터는 놈들의 목적이야 뻔하지."

쿠쿠쿠쿠쿠!

그가 화경에 이른 자신의 혈사심천공을 한껏 일으켰다.

"시간을 끌고 싶은 게로군. 하나 본 왕에겐 통하지 않는다네."

독편살왕의 기다란 핏빛 강편이 그대로 장일룡을 향해 짓쳐 들었다.

조휘에게로 생사의문의 소식이 도착했을 때 그와 함께 뜻밖의 비보도 동시에 날아들었다.

"……뭐라구요?"

조휘는 사흘 내로 의원을 보내 주겠다는 생사의문의 서찰에 잠시 반가운 마음이 들었으나 그대로 얼굴을 굳혀야만 했다.

"다시 말해 봐요!"

조가성심당의 벽호상 당주는 피투성이가 된 얼굴로 참혹하게 얼굴을 구겼다.

"모든 계열상의 사업장들이 의문의 무리들에게 일제히 공격받았습니다. 은밀히 저희들을 보호하고 있던 남궁(南宮)의 무사들도 모두 죽었습니다."

"피, 피해는 얼마나?"

벽호상 당주의 얼굴이 더욱 음울해졌다.

"일단 제가 확인한 바로는 수석공 남천일 부장과 양조장의 여용소 장주님이 돌아가셨습니다. 각 사업장의 사원들도 많이 죽었습니다. 그리고……."

"그리고?"

벽호상 당주가 침을 꿀꺽 삼키며 말했다.

"……이여송 총관님께서 보이질 않습니다. 생사가 불투명합니다."

벽호상 당주의 마지막 말을 들은 그 순간 조휘의 분위기가 일변했다.

"이 총관!"

이 총관은 자신이 부재중인 상황에서도 철방을 수십 배로 확장시킬 만큼 출중한 능력을 지닌 수완가다.

지금의 조가대상회를 함께 이룩한 개국공신이자 자신이 가장 아끼는 간부!

분노가 극에 이르러 오히려 타다 만 재처럼 공허하게 변한 조휘의 눈동자가 머나먼 하늘을 갈랐다.

너무 빨리 움직인 것이 화근이었나.

아무리 강해도 자신은 혼자다.

조가대상회를 지키고 있는 고수라고 해 봐야 자신의 동료들 여섯뿐.

남궁세가를 좀 더 끌어들이고, 흑천련의 힘을 약화시킨 후에 일을 벌였어야 했다.

하지만 일은 이미 벌어졌다.

후회해 봐야 소용없는 노릇.

흑천련이 자신들의 장점인 고수의 수(數)로 밀어붙이며 산발적으로 공격해 온다면 해법은 단 하나뿐이었다.

조휘가 제갈운을 쳐다봤다.

"현 시간부로 조가대상회의 모든 영업을 포기합니다! 살아남은 사람들을 모두 조가대상회로 소집하세요! 빨리! 한시라도 빨리 파발을 띄우란 말이다!"

악귀처럼 일그러진 조휘의 얼굴에 제갈운이 자신도 모르게 시립했다.

"아, 알겠어요!"

굶주린 이리 떼가 사냥을 시작했다면 양들은 무리에서 떨어지지 않고 뭉쳐야만 살 수 있다.

마침내 양들이 모두 안전해졌을 때, 양치기는 총을 빼 들어 이리를 사냥하기 시작한다.

서둘러 밖으로 나서던 제갈운을 조휘가 다시 불러 세웠다.

"제갈 부회장님!"

"네?"

조휘가 조가대상회의 사방을 훑어보며 입을 열었다.

"상회의 사람들이 모두 모이면 이곳에 부회장님이 펼칠 수 있는 최고의 진법을 펼쳐 주세요."

잠시 침중하게 얼굴을 굳히던 제갈운이 다시 조휘를 바라봤다.

"아직 형님께서 포양호에 계세요. 저보다는 형님의 경지가 훨씬 높으시니 제가 한번 요청을 드려 보겠습니다. 분명 도와주실 거예요."

"소요되는 진석과 배열목은 모두 경비로 처리해 드리죠."

제갈운이 씨익 웃었다.

"바가지 제대로 씌워 드리겠습니다."

그 말을 끝으로 경공술을 시전해 사라지는 제갈운.

조휘는 피식 웃었다.

'바가지라…….'

조가대상회를 지탱하는 수천 명 사원들의 목숨을 살릴 수 있다면 천금도 아깝지 않았다.

그때.

"……크으으윽!"

폐부를 쥐어짜는 듯한 신음을 흘리며 깨어나고 있는 남궁장호!

그가 비 오듯 땀을 쏟으며 몸을 일으키고 있었다.

"조 봉공…….."

조휘가 서둘러 다가가 그를 부축했다.

"아직 일어나시면 안 됩니다! 애써 잡아 놓은 독이 퍼질 수도 있어요!"

남궁장호가 조휘의 손을 거칠게 뿌리쳤다.

"……다 듣고 있었소. 빨리 한 소저에게 가 보시오!"

"무리하면 안 된다고요!"

순간, 남궁장호가 조휘의 멱살을 거칠게 부여잡았다.

"제왕가의 사내더러 지금 친구의 짐이나 되라고?"

조휘는 남궁장호의 강렬한 안광을 한참이나 응시하다 어쩔 수 없다는 듯 피식 웃고 말았다.

"가문의 봉공한테 말을 놓네?"

"가라! 어서! 아무리 이런 꼴이 됐어도 내 한 몸은 지킬 수 있다!"

조휘의 얼굴이 무섭게 변했다.

"곧 이곳에 제갈가의 진법이 펼쳐질 거야. 사흘 안에 생사의문에서 의원도 올 거고."

"……."

"남궁 형. 꼭 살아남아. 아니면 내 손에 죽어. 진짜로."

조휘는 차분하고 냉정한 얼굴을 하고 있었지만 남궁장호는 그의 눈빛이 맹렬히 흔들리고 있는 것을 보았다.

그가 얼마나 화가 나 있는지 분명하게 느낄 수 있었다.

"난 소검주(小劍主)다."

그제야 조금은 편안한 얼굴로 변하는 조휘.

"훨씬 나아."

"뭐가?"

"꽉 막힌 정파 샌님 같지 않아서 훨씬 좋다고 남궁 형."

콰아앙!

거대한 구덩이가 파이며 조휘의 신형이 순식간에 사라졌다.

검천전능보(劍天全能步)가 검신의 전설 이래 다시금 강호에 나타났다.

第32章.

장일룡은 정신이 하나도 없었다.

파파파파파!

창처럼 뾰족하게 짓쳐 오다가, 때론 뱀처럼 영활하게 분화(分化)하더니, 도무지 상상할 수 없는 방향으로 꺾여 들어온다.

편(鞭)이 이토록 상대하기 어려운 병기였단 말인가!

푸슉!

"크아아악!"

마치 투석기에 맞은 듯한 강력한 충격이 어깨로부터 전해 왔다.

장일룡이 힐끔 자신의 어깨의 살펴보니 피멍이 회전하는

95

물결처럼 번져 있었다.

'전사력(轉斜力)이라고?'

소름이 돋았다.

도검창(刀劍槍)이면 몰라도 저렇게 긴 채찍에 전사력을 싣는다?

강력한 회전력을 싣는 전사력의 무공은 단순히 무공의 경지가 높다고 해서 펼칠 수 있는 것이 아니다.

병장기를 제 몸처럼 부릴 수 있는 천부적인 감각, 그런 엄청난 재능이 뒷받침되어야만 가능한 경지!

저 늙은 독편살왕은 그야말로 타고난 무공의 천재였다.

촤아아아악!

독편살왕이 채찍을 기다랗게 늘어뜨린 채 예의 음침한 미소를 빛냈다.

"꽤 단단한 몸뚱이군. 본 왕의 혈강편에 적중당하고도 팔이 떨어져 나가질 않다니."

독편살왕은 그렇게 한마디만 늘어놓더니 곧바로 채찍을 휘둘렀다. 허투루 변수를 초래하지 않는 그의 철두철미한 심성이 고스란히 느껴졌다.

쐐애애애애액!

파파파팟!

장일룡도 바보가 아니다.

채찍이란 무기는 공간을 장악하기 쉽고 신랄한 변초를 구사할 수 있는 극장점이 있었지만 이처럼 구속당하기 쉽다는 단점도 있다.

극도의 영세철갑신을 일으킨 채 온 힘을 다해 채찍을 부여잡고 있는 장일룡!

양 손바닥이 찢어지며 극통이 밀려왔으나 장일룡은 결코 놓아주지 않았다.

그러나 화경의 경지는 그의 상상을 아득히 초월했다.

채찍을 통해 엄청난 기운이 몰려들자 결국 장일룡의 두 손이 터져 나갔다.

"크아아아악!"

덜덜덜.

외피의 대부분이 사라져 새하얀 뼈를 드러내고 있는 자신의 두 손.

그렇게 목내이의 그것처럼 변한 자신의 손을 바라보며 장일룡이 울컥 피를 쏟아 냈다.

화경에 이른 무인의 공격이란 도무지 막을 수 있는 종류가 아니었다. 영세철갑신으로 버텨 보려고 해도 불가능했다.

게다가 저 무시무시한 안광을 빛내고 있는 살수 놈들은 아직 움직이지도 않은 상황.

공포(恐怖)!

강호에 출도한 이래 처음으로 접하는 두려운 감정, 그 더러운 기분이 뱃속으로부터 치밀고 있었다.

장일룡이 야차처럼 구겨진 얼굴로 마지막 남은 힘을 쥐어
짰다.

"개새끼! 내가 네놈은 죽이고 간다!"

네놈이 아무리 화경의 무인이라고 하나 대산(大山)의 혼
(魂)을 무시하진 마라!

장일룡이 엄청난 기운을 발산하자 독편살왕이 감히 경시
하지 못하고 혈강편을 회수했다.

"조심!"

장일룡의 사정거리 내에 있던 모든 특살귀령대원들이 독
편살왕의 뒤편에 섰다.

곧 장일룡의 전신이 번들거리며 뜨거운 김이 피어올랐다.
진무역천권이 무서운 것은 바로 영세철갑신과 짝을 이루기
때문이다.

곧 맹렬한 투기가 그의 전신에 아로새겨졌다.

전 내공은 물론 진원지기까지 끌어올린 최후 절초의 기수
식답게, 장일룡은 순간적으로나마 화경에 이르는 존재감을
과시했다.

콰쾅!

진각을 밟자 엄청난 굉음이 터져 나왔다.

그대로 포탄처럼 짓쳐 든 장일룡이 뼈가 드러난 두 주먹을
출수했다.

강대한 기파가 일더니 기로 형상화된 거대한 주먹이 순식

간에 수십 개로 불어났다.

진무역천권(眞武逆天拳).

제육권(第六拳).

패도무극멸황(覇道無極滅荒).

이 한 수의 권초로 녹림대왕은 대산을 지배했다.

콰콰콰콰콰쾅!

엄청난 굉음과 함께 수십 개의 구덩이가 생겨난다.

그야말로 파천황의 기세!

독편살왕의 혈강편이 무수한 그림자를 일으키며 자신에게 날아든 권풍과 맞부딪쳤다.

콰콰쾅!

자욱한 흙먼지로 사위가 어지럽게 변했을 때 독편살왕은 섬   한 느낌이 들어 뒤쪽으로 고개를 획 돌렸다.

그곳에 짐승같이 짓쳐 든 장일룡이 누런 이를 드러내고 있었다.

대경한 특살귀령대원 몇몇이 그에게 잔악한 살초를 퍼부었으나 장일룡의 두 눈은 오직 독편살왕을 향해 고정되어 있었다.

등과 허리에 세 자루의 검이 꽂힌 채 그대로 독편살왕을 향해 짓쳐 드는 장일룡!

독편살왕이 기겁을 하며 채찍을 휘둘렀으나.

텁!

장일룡이 한 손으로 채찍을 부여잡은 채 그대로 머리를 들이받았다.

빠각!

"큭!"

그건 마치 쇠와 부딪힌 느낌!

진무역천권(眞武逆天拳).

제이권(第二拳).

귀갑칠련타(龜甲七連打).

녹림대왕의 대인전 최강 권초, 귀갑칠련타의 위력은 과연
명불허전이었다.

퍼퍼퍼퍼퍽!

북 터지는 듯한 소리가 독편살왕의 몸에서 퍼져 나간다.

물 흐르듯 이어진 일곱 연격!

독편살왕이 정신없이 물러나며 시뻘건 피를 울컥 토해 냈다.

"꽤애애애액!"

절로 꿇어진 무릎!

독편살왕이 놀라움보다는 황당함이 서린 얼굴로 서둘러
자신의 몸을 살폈다.

지독한 흉통!

갈비뼈가 최소 서너 대는 으스러진 것 같았다.

더욱이 발경(發勁)의 묘리가 내부를 휘저어 놓아 내상 역
시 가볍지 않았다.

'이 새파란 놈이……!'

이제 후기지수에 불과한 놈의 손속이라고는 믿을 수 없을
정도로 강맹했다.

이런 재능이라면 앞으로 반드시 후환이 될 놈!

하지만 이건 너무 무모했다.

모든 내가진력을 다 짜냈으니 이제 죽은 목숨이나 마찬가지.

한데, 놈이 웃고 있었다.

히죽.

갑자기 장내의 공기가 으슥할 정도로 차가워졌다.

묘한 표정으로 고개를 갸웃거리고 있던 독편살왕이 갑작
스레 고개를 처들어 허공을 바라본다.

서리처럼 일렁이기 시작한 새하얀 기운들!

장일룡이 누런 이를 더욱 드러냈다.

"얼음이다 이 새끼들아!"

장일룡의 살벌한 등치와 무식한 언변을 접한 이들은 대부
분 착각을 한다.

머리가 둔할 거라는 착각.

-일각(一刻)만요.

일각 전 들려온 한설현의 전음.

전음을 일으킬 수 있는 것을 보면 그녀의 운기행공이 막바
지에 이른 터였다.

저 무식하게만 보였던 장일룡의 모든 초수들이, 사실은 어
떻게 하면 반드시 일각이라는 시간을 벌 수 있을지 철저한 계

산하에 이루어진 초수였던 것.

결국 관도의 허공에 새하얀 머리칼을 휘날리며 환상처럼 유려하게 한설현이 현신했다.

곧 그녀의 섬섬옥수에서 눈부신 백광이 흘러나왔다.

소름 끼치도록 냉랭한 한기가 사방에서 일어나자.

빙백신장(氷白神掌).

제오결(第五決).

설설백천하(雪雪白天下).

거칠게 일어난 북풍한설이 관도를 새하얗게 수놓는다.

쏴아아아아아아!

그렇게 천지가, 천하가 일시에 얼어붙었다.

방원 이십 장을 극음의 한기로 뒤덮어 버리는 빙백신장 최강의 광역절기가 기백 년의 세월을 격하고 마침내 강호에 드러난 것이다.

조휘로서 가장 불안한 곳은 한설현 쪽이었다.

그녀에게 무슨 일이라도 생긴다면 애써 진출한 강서 조가대상회는 사실상 무너지는 것이나 마찬가지.

천상운차를 몰고 갔으니 틀림없이 관도 변 어딘가에 있을 터였다.

콰앙!

일보에 수십 장씩 나아가는 검천전능보의 공능은 과연 엄청났다.

예전에는 내공력의 소모가 너무 막심하여 펼칠 수 없었으나 마신공을 익힌 후로는 아무리 보법을 일으켜도 내공이 마르지 않았다.

하지만 그렇게 관도를 질주하면 할수록 사방이 거슬렸다.

자신의 감각권 내에 감지되는 살기가 한두 곳이 아닌 상황.

분명 그곳에는 조가대상회의 사원들이 목숨을 잃어 가고 있을 것이다.

쿵!

어느덧 관도의 중심에 우두커니 멈춰 선 조휘.

이건 마치 선택을 강요당하는 상황이 아닌가.

'제길!'

잠시 고심하던 조휘가 다시 신법을 일으켰다.

콰앙!

이번에 날아간 방향은 포양호 변.

어쩔 수 없는 노릇이었다.

아무리 한설현이 귀한 인재이자 여인이긴 하나 그래 봐야 장일룡과 함께 둘이다.

더욱이 그들은 무공을 익힌 강호인. 거기에 한설현은 화경에 이른 고수이지 않은가.

반면 포양호 변 상권 쪽에는 간절히 구원의 손길을 기다리는 상회의 사원들이 수천 명.

구할 수 있는 인명의 수를 생각하면 사실 고민하는 것조차 죄일 것이다.

지금으로서는 한설현과 장일룡이 무사하길 기도하는 수밖에 없었다.

'제발 살아만 있어라!'

그렇게 조휘가 간절한 마음으로 반각 정도 내달렸을 때, 드디어 골목 어귀로 한 무리의 사원들이 그의 눈에 들어왔다.

"회, 회장님!"

"흑흑! 회장님!"

조휘를 발견하고는 허물어지듯 주저앉아 눈물을 쏟아 내는 사원들!

"아곡 사원! 연천기 사원! 문호원 사원! 어디 다친 곳은 없습니까? 괜찮습니까?"

그들이 입고 있는 의복에는 하나같이 핏물이 가득 묻어 있었다.

그들은 자신들의 이름을 하나하나 알고 있는 회장의 세심함에 잠시 놀랐으나 곧 정신을 차렸다.

"저희들은 운이 좋아 빠져나올 수 있었습니다! 어서 서둘러 상점들을 살펴 주십쇼! 흑흑! 동료들이 많이 죽었습니다!"

조휘가 이를 꽈득 깨물었다.

"상회의 분타로 모두 이동하시죠! 그곳은 곧 제갈세가의 진법(陣法)으로 보호될 겁니다! 빨리! 서두르세요!"

콰아앙!

이내 거대한 구덩이가 생겨나며 조휘가 귀신처럼 사라지자 사원들의 얼굴이 하나같이 희게 변했다.

"회장님께 저런 엄청난 무공이!"

"개새끼들! 다 죽여 주십쇼!"

그렇게 허공으로 솟구친 조휘가 단숨에 수많은 살기들을 하나하나 벼려 갔다.

살아남은 남궁세가의 고수들이 혼전(混戰)하고 있는 곳들은 모두 피했고, 상회의 사원들이 분주하게 도망가고 있는 곳도 모두 가렸다.

마침내 그의 두 눈에 숨 막힐 듯한 살기가 드리워졌다.

검극에서 미세한 떨림이 끝없이 피어난다.

갑자기 허공을 격하고 드러난 수많은 점들!

천하공공도의 공간압착점(空間壓搾點)이 거의 모든 흑천련 고수들의 전면에 동시에 등장하고 있었다.

기이한 기시감에 몸을 떨고 있던 흑천련의 고수들이 범위를 넓히기 시작한 공간압착점에 모조리 빨려 들어갔다.

"으아아아아악!"

"끄아아아악!"

후두두두둑.

운이 좋아 살아남은 흑천련의 고수들은 하나같이 영혼이 빠져나간 듯한 얼굴을 하고 있었다.

방금 전까지만 해도 함께 칼질하던 동료들이 순식간에 허공의 한 점으로 빨려 들어가며 곧 핏물로 변해 후드득 떨어진 것이다.

이런 게 무공이라고?

전장을 지휘하고 있던 천살, 사사살혼(邪邪殺魂) 악무린이 사방을 향해 소리쳤다.

"의념공(意念功)이다! 악귀탈 놈이 나타났다!"

오늘의 모든 임무들은 오직 조가대상회의 악귀탈을 끌어 내기 위한 작전!

악무린이 소매에서 꺼낸 신호탄을 곧바로 하늘 위로 쏘아 올렸다.

피유유유유융!

악무린이 쓴웃음을 지었다. 드디어 임무가 끝난 것이다.

아무리 사파에 몸을 담고 있긴 하나 무공을 익히지 않은 양민을 죽이는 것은 영 내키지가 않았던 것.

"악귀탈은 련주님과 팔왕님들이 처리할 것이다! 퇴각하며 잔당을 처리한다!"

순간.

소름 끼치는 느낌이 든 그가 왝 하니 고개를 꺾었다.

그의 시야에 칙칙한 어둠이 순간적으로 차올랐다.

우우우우우웅.

정수리, 눈, 입, 목을 차례대로 잠식하며 확장하는 암흑공간의 물결.

"끄르르륵……."

그의 성대는 아무런 소리도 피우지 못하고 피거품만 게워 내고 있었다.

후두두둑!

결국 한 줌의 핏물로 변해 바닥으로 떨어져 버린 악무린!

쾅아앙!

마치 하늘에서 떨어지듯 장내에 도착한 조휘가 그대로 철검을 곧추세우며 폭급한 눈을 빛냈다.

장내가 얼어붙었다.

천살이라고 다 같은 천살의 위계가 아니다.

사사살혼 악무린은 대전(大殿)의 천살.

즉 련주님과 함께 대사를 논하는 천살, 화경의 고수였던 것이다.

그런 엄청난 화경의 고수가 검 한 번 제대로 휘둘러 보지도 못하고 한 줌의 혈수로 화(化)했다.

절대경의 경지, 의념의 무공을 실제로 접해 보니 이건 마치 다른 세상의 무공 같지 않은가?

하물며 저 두 눈에 불꽃처럼 타오르고 있는 암자색 귀화(鬼火)는 또 뭐란 말인가.

도저히 같은 인간이 뿜어내는 기운이라고 생각할 수 없을 정도의 광대무변한 존재감.

흑천대살, 자신들의 련주도 이 정도는 아니었다.

털썩털썩.

무기를 버리며 그대로 바닥에 꿇어앉는 흑천련의 고수들.

"방금 여기서 쏘아 올린 신호탄. 무슨 신호지?"

흑천련의 고수 하나가 머리를 바닥에 찧으며 처절하게 부르짖었다.

"악귀탈이 나타났다는 신호입니다!"

"……악귀탈?"

점점 일그러지고 있는 조휘의 얼굴.

"그럼 이 많은 사람들을 죽인 이유란 것이…… 고작 나를 끌어내기 위해?"

"제, 제발 목숨만 살려 주십시오!"

조휘의 검극이 또다시 미세한 진동을 일으켰다.

부복하고 있던 흑천련의 모든 고수들의 시야에 암흑의 점이 가득 차오르기 시작한다.

"아, 안 돼!"

"씨발, 씨바아아아아알!"

후두두두둑!

조휘가 공허한 눈으로 자신의 검을 쳐다보고 있었다.

아무리 살심으로 들끓는 마음이 가득 차올랐다고 하나, 왜 이렇게 살인이 아무렇지도 않은 거지?

이건 마치 오랫동안 해 오던 것을 다시 깨운 듯한 자연스러움이다.

불과 얼마 전까지만 해도 그토록 꺼려졌는데.

'마신공 때문인가.'

마(魔)의 종주라는 마신의 무공.

"뭐 나쁘지만은 않군."

오히려 자신의 어떤 나약한 단면을 잘라 낸 듯한 기분이다.

곧 조휘가 사방에 불타오르는 상점들을 바라보며 더욱 진한 암자색 귀화로 타올랐다.

"개새끼들."

콰아앙!

검천전능보를 일으켜 허공으로 도약한 그가 다시 살기를 감지하려는 그때.

그의 시야에 광란처럼 질주해 오는 여덟 고수가 들어왔다.

그들이 향하고 있는 곳은 신호탄이 쏘아진 방향, 즉 방금 전 자신이 있던 곳.

쿠쿵!

다시 지면에 착지한 조휘가 경공을 펼쳐 달려오는 그들을 무심한 눈으로 응시하고 있었다.

샤샤샤샥!

어느새 도착해 여덟 방위를 포위하고 있는 흑천련의 고수들.

그중에서도 조휘는 자신의 정면에 서 있는 자를 향해 시선을 고정했다.

흑천대살(黑天大殺) 이경진.

이 모든 일을 지휘한 장본인일 터.

조휘가 말없이 검을 치켜들었을 때, 흑천대살이 소매에서 신호탄을 꺼냈다.

"철수를 멈추고 조가대상회의 모든 상점들을 향해 다시 공격을 재개하라는 신호탄이다."

"……."

조휘가 침묵하자 다시 흑천대살이 음침하게 웃었다.

"네놈의 몸이 수백 개가 아닌 이상 모두 막을 수는 없다."

조휘가 검을 거두며 자신을 포위하고 있는 자들을 한 명 한 명 쳐다보았다.

"련주와 팔왕이군. 그런데 한 놈은 어디에 있지?"

조휘는 팔왕을 이미 상대한 적이 있어 그들의 면면을 파악하고 있었다.

한데 독편살왕이 비어 있었다.

흑천대살이 비릿하게 웃었다.

"너희들의 동선은 이미 모두 파악한바, 일을 벌이려면 후환을 남겨 두지 않는 것이 전술의 정석이지."

조휘는 그의 말에 곧바로 진의를 유추해 낼 수 있었다.

동선이라고 언급한 것으로 보아 외부로의 공격이다.

방금 전까지 자신과 함께 있었던 제갈운이나 남궁장호, 진가희는 아니라는 뜻.

그럼 관도를 지나고 있을 장일룡과 한설현, 혹은 홧김에 술을 마시러 나간 염상록 중에 하나인데 아무래도 한설현 쪽일 확률이 높았다.

팔왕급의 고수를 염상록에게 붙인다는 것은 인력의 낭비였으니까.

게다가 수없이 회의를 염탐해 온 무영왕은, 한설현이 조가대상회에서 얼마나 중요한 인물인지 반드시 련주에게 보고했을 것이다.

"참으로 놀랍군. 설마 악귀탈의 고수가 조가대상회의 회장 그 자신이었다니. 이토록 젊은 나이에 절대경이라? 강호사를 다시 써야 할 지경이군."

씁쓸한 웃음을 짓던 흑천대살이 품에서 서류를 꺼냈다.

"나도 남궁가의 봉공(奉公)인 그대를 죽이기는 싫네. 남궁 놈들과 큰일을 벌이기는 아직 시기상조지."

천천히 걸어와 조휘에게 서류를 내미는 흑천대살.

"본 좌의 신호탄 한 방이면 다시 학살이 시작되지. 그대의 얼음 공주도 위험한 상황에 이르렀을 것이야. 이건 외통수. 받아들일 수밖에 없는 게지."

한데 철권왕이 완강하게 거부의 의사를 내비쳤다.

"련주! 저놈을 반드시 죽여야 하오! 크게 후환이 될 놈이란 말이오!"

철권왕은 조휘가 어떻게 강서를 집어삼키는지 똑똑히 지켜보았다.

제일지부의 대곳간과 팔왕들의 창고를 차례차례 급습하고, 황실 외척과의 관계를 미리 파악하여 련주를 압박하며, 거짓 무형지독으로 자신들을 수개월 동안 가지고 놀았다.

오 할의 전매권을 준다는 것도 함정.

그 말인즉 오 할 이상은 공급하지 않겠다는 장난질에 불과한 것이다.

더욱이 그 오 할이라는 공급량은 흑천련의 팔천 고수들이 소비하는 양을 소름 돋으리만치 정확하게 예측한 양이었다.

애초에 저 사악한 놈은 흑천련과 함께 이익을 나눌 생각 자체가 없었던 것이다.

하지만 그 모든 것들은 자신이 공급할 상품에 대해 무제한적인 자신감을 가지고 있지 않다면 결코 할 수 없는 수완이었다.

그것이 바로 저놈의 가장 무서운 점.

음험한 심기만큼이나 지닌 능력 역시 천하에 으뜸인 놈이었다.

게다가 그런 놈이 무공까지 절륜하며 그 경지가 무려 절대경?

지금 죽이지 않고서는 답이 없다.

저런 미친놈이 이십 년만 나이를 더 먹는다면 이 무림은 어떻게 될까?

저놈이 불혹(不惑)을 넘기는 날에는 강호는 무림이 아니라 상림(商林)으로 불리게 될 것이다.

물론 그 상림의 지배자는 저놈일 것이고.

흑천대살이 냉랭해진 얼굴로 입술을 달싹였다.

-저놈을 죽이려면 우리들의 반은 죽어야 될 텐데 자신 있소?

전음을 들은 철권왕이 경악의 얼굴로 굳어졌다.

흑천대살이 누군가?

그의 절대살혼, 회회살천절예(灰灰殺天絶藝)는 사파의 전설이다.

단신으로 모산곡(茅山谷)을 멸문시킨 사파의 절대자, 그런 전설의 흑천대살이 지금 승부를 장담할 수 없다고 말하고 있는 것이다.

저놈이 그 정도라고?

사실 이곳에서 서늘한 가슴을 안고 가장 두려움에 떠는 사람은 흑천대살이었다.

같은 절대경만이 그 신위를 제대로 볼 수 있는 법.

화경인 저들은 모른다.

지금 눈앞의 젊은 놈이 얼마나 어마어마한 존재감을 뿜어내고 있는지.

남궁(南宮)이 두렵다는 것은 다 핑계이자 헛소리였다.

눈앞의 이익에 눈이 멀어 사파가 된 인간들이 후일을 도모하는 혜안을 지녔다는 것은 어불성설.

조휘는 그런 흑천대살과 팔왕의 행동을 무심히 지켜보고 있었다.

이내 그의 두 눈이 겨울 하늘의 별처럼 차갑게 빛났다.

흑천련이 합의서로 내놓은 서찰을 한 장 한 장 넘기기 시작하는 조휘.

"금화 삼십만 냥의 즉시 상환. 황실 외척을 다시는 언급하지 않겠다는 각서. 모든 사업장을 흑천련에 넘기고 합비로 다시 꺼질 것."

조휘는 하도 어이가 없어 차라리 웃어 버렸다.

"게다가 조가성심당과 조가양조장의 모든 조리법을 내놓으라. 그나마 철방은 언급이 없군. 마지막 양심이란 건가?"

화르르르르!

조휘의 삼매진화로 인해 서찰이 모조리 불태워졌다.

순간, 그의 전신에서 상상할 수도 없는 기운이 번져 나가기 시작했다.

흑천대살의 두 눈이 찢어질 듯 부릅떠진다.

"뭐? 뭐라고?"

지금까지 그 거대한 기운이 끝이 아니었다고?

조휘의 눈동자가 다시 암자색으로 타오르기 시작하자.

푸와아아악!

"크악!"

신호탄을 들고 있던 흑천대살의 손이 터져 나갔다.

◆ ◆ ◆

강호의 오랜 역사 속에는 일반적인 무학의 상궤를 벗어난 무공들이 몇 가지가 있었다.

삼신(三神)의 무공은 워낙에 신화적인 경지라 따로 언급할 필요는 없겠지만, 그들을 제외한 나머지에서는 단연코 북풍신기(北風神技)라 불리는 빙백신장이 압도적이었다.

이 하나의 장법만으로 그 옛날 새외오패는 중원 강호에 거센 피바람을 일으켰다.

쏴아아아아아아아!

눈부실 정도로 새하얀 물결들이 사방으로 휘몰아치고 있었다.

독편살왕은 정신없이 혈강편을 휘둘러 그런 한음빙기(寒陰氷氣)를 상쇄하려 하였으나, 떨쳐 내는 속도보다 얼음 결정이 달라붙어 채찍이 무거워지는 속도가 훨씬 빨랐다.

"크윽!"

화아아아악!

끝내 한음빙기를 상쇄하지 못하고 전신을 허락해 버린 독편살왕.

한음빙기는 그에 아랑곳하지 않고 독편살왕의 몸을 한참

동안이나 더 휘감았다.

온몸에 얼음 결정이 덕지덕지 달라붙자 엄청난 한기가 독편살왕의 내부로 침투했다.

대경실색한 그가 정신없이 내공을 일으켜 한기와 맞섰으니, 이것이 바로 빙백신장의 진정한 무서움이었다.

북풍신기를 경험해 보지 못한 자라면 누구나 한 번쯤 그런 생각을 해 볼 것이다.

빙백신장?

무공이 고강한 무인이라면 얼음 따위야 깨고 나오면 그만이지 않은가.

새외대전의 전설을 접한 강호인들은 하나같이 그와 같은 반응을 보였다.

그들의 입장에서는 얼음에 갇혀 미동도 하지 못했던 당시의 고수들이 이해가 되지 않았던 것이다.

그러나 그들은 빙백신공에 담긴 극한의 빙정(氷精)을 몰라서 하는 소리였다.

오랜 세월 북해의 매서운 눈보라로 벼려 낸 빙인들의 내공력은 피류으로 이뤄진 인간의 몸으로는 도저히 견딜 수 있는 종류가 아니었다.

일단 적중된 그 순간부터 상상을 아득히 초월하는 빙정의 기운이 내부로 침투해 온다.

할 수 있는 거라곤 전 내공을 일으켜 극한의 기운과 끝없이 맞서 싸우는 것.

그 후로는 그야말로 밀고 밀리는 절체절명의 연속 그 자체였다.

지금 독편살왕이 꼼짝할 수 없는 것도 그와 마찬가지.

그가 힘겹게 동공을 움직여 수하들을 살펴본다.

'이럴 수가! 모두⋯⋯!'

운이 좋은 몇몇을 제외하고는 모조리 얼음에 갇힌 채 한음빙기와 싸우고 있었다.

게다가 개중에는 이미 내부로 치미는 한음빙기를 도저히 상쇄할 수 없어 새파랗게 변한 얼굴로 죽어 가는 수하들도 있었다.

'크으으윽!'

독편살왕은 새외대전을 묘사했던 당시의 천허자(天虛子)를 부관참시하고 싶은 심정이었다.

그의 묘사는 오히려 부족한 감이 있지 않은가!

탓.

가볍게 지상으로 착지한 한설현이 서둘러 장일룡의 상세를 살폈다.

"괜찮은가요?"

장일룡은 온몸이 찢어질 듯한 아픔보다도 마치 얼음 세상으로 변해 버린 듯한 광경에 더욱 황당해하고 있었다.

반짝반짝.

"와 씨."

빙백신장의 손속에는 예외랄 것이 없었다.

관도 변 산천초목들과 대부분의 흑천련 새끼들이 모두 얼음 결정으로 화(化)해 있었다.

이게 무슨 무공이냐 재해(災害)지!

마치 위대한 자연의 분노를 일시에 처맞은 듯한 광경이었다.

한설현을 멍하니 올려다보고 있는 장일룡.

저 가녀린 몸, 저 섬섬옥수, 저 어여쁜 얼굴로 저 많은 흑천련의 고수들을 일장(一掌)에 쳐 죽이다니!

죄송하오. 본인의 짝으로 그대는 너무 과분하신 것 같소.

잠시나마 흠모할 수 있었던 것만으로도 가문의 영광…….

그때, 갑자기 야공을 가르는 파공음이 들려왔다.

샤샤샥!

매서운 눈을 빛내며 등장한 진가희와 염상록이 그대로 얼음들을(?) 향해 짓쳐 들었다.

"죽여!"

"응!"

쩌저적!

쩌저저적!

날렵한 몸놀림으로 얼음들을 파괴해 가는 진가희와 염상록의 움직임은, 마치 오랫동안 함께 합격술을 익힌 것마냥 그 합(合)이 실로 눈부셨다.

한데 미리 철저하게 계산한 듯한 움직임을 보이고 있지 않은가?

"저 새끼들……!"

그 광경을 보자마자 장일룡은 알 수 있었다.

저들이 이미 이곳을 오랫동안 지켜보고 있었다는 것을.

팔왕 중에서 최상위 서열을 자랑하는 독편살왕과 련주 직속의 제일무력단체 특살귀령대.

도저히 맞서 싸울 각이 안 나왔을 테니 숨어서 기회만 노리고 있던 것이다.

"누가 사파 새끼들 아니랄까 봐."

장일룡은 피식 웃음이 나오면서도 어쨌든 그들이 반가웠다.

'제길!'

얼음 속에 갇힌 채 핏발 선 얼굴로 그 광경을 지켜보던 독편살왕이 자신의 모든 무위를 끌어올렸다. 그야말로 젖 먹던 힘까지 짜낸 것이다.

"크아아아아!"

쩌저저저저적!

갑자기 독편살왕이 얼음을 깨고 나오자 한설현과 장일룡이 대경했다.

한설현이 다시 쌍 장에 북해의 한기를 일으켰을 때 독편살왕이 경공을 일으켜 풀숲을 향해 몸을 던졌다.

장일룡의 얼굴이 황당하게 굳어졌다.

"도망?"

방금 전까지만 해도 천신 같은 신위를 보이며 자신을 압박하던 흑천련의 팔왕.

그런 그가 한설현의 두 손에 한기가 맺히자마자 한 점의 망설임도 없이 도망을 간다.

이 사파 놈들은 도무지 무인의 긍지란 걸 모른다.

남궁수 어른이셨다면 비록 목숨이 경각에 이를지라도 자신의 검에 모든 신념을 담아 적을 향해 짓쳐 들었을 것이다.

그립습니다 창천검협 어른.

"크윽!"

풀숲으로 거리를 벌린 독편살왕이 자신의 아래를 보며 신음을 삼켰다.

얼음 새로 삐져나온 마름쇠의 칼날이 자신의 신발 위로 삐죽 튀어나와있었다.

피한다고 했는데 다 피할 수는 없었던 모양.

촤아아아악!

한 차례 채찍을 휘두르던 그가 사독칠절편의 수법으로 주위의 얼음들을 깨기 시작했다.

"크으으으!"

"으아아아아!"

방금 전까지만 해도 지독한 한기와 싸우느라 피가 마르도록 내공을 일으켰던 특살귀령대원들이 갑작스런 해방감을 맞이했다.

　몸을 상하게 하지 않고 얇은 얼음막만 부수는 독편살왕의
편술은 과연 팔왕다운 재주!

　그렇게 독편살왕이 일단 살릴 수 있는 놈들만 살린 다음,
사방을 향해 거칠게 소리쳤다.

　"퇴각! 퇴각한다!"

　독편살왕은 이길 수 있는 싸움만 하는 고수로 유명하다.

　한설현의 빙백신장이 저렇게 강력한 이상 전투를 지속할
생각 자체가 사라진 것이다.

　위험천만한 사파의 세계에서 끝까지 살아남아 결국 팔왕에
오른 자다. 그의 지독한 생존 본능은 남다를 수밖에 없었다.

　휘리리릭!

　열 몇 남짓 남은 특살귀령대원들이 모두 신법을 일으켜 관
도 변에서 사라졌다.

　이 모두가 오직 한설현의 빙백신공이 지닌 위력 때문!

　어느덧 그녀의 곁에 도착한 염상록의 얼굴에는 두려운 기
색으로 가득했다.

　"와…… 싯펄 이게 다 뭐여."

　관도 변에 펼쳐진 한 폭의 지옥도.

　얼음 결정과 함께 온몸이 폭사되어 버린 시체들의 모습은
너무나도 끔찍했다.

　산전수전을 겪어 온 염상록으로서도 기가 질리는 광경.

"싯팔, 동료가 죽어 가는 데도 숨어서 지켜만 보던 놈이 기세등등한 것 좀 보소."

장일룡의 힐난에 염상록이 억울하다는 듯 항변했다.

"니미, 이 음험한 강호에서 허투루 몸을 움직였다간 어찌 되는지 몰라? 기회를 엿보고 있었다고!"

"그래서 네놈이 얍삽한 사파라는 거야 이 새끼야. 끄으으응."

장일룡이 영세철갑신을 풀며 등에 박힌 검들을 하나하나씩 뽑고 있었다.

"친구의 몸이 이렇게 걸레짝이 되어 가는데 안 기어 나왔다고 이 새끼야?"

"미, 미안."

장일룡의 육중한 팔이 염상록의 어깨에 둘러졌다.

"네놈에게 정파의 혼이 무엇인지 가르쳐 주지."

"싯펄, 자기도 산적 출신이면서?"

"손 씻은 지 오래다 이 새끼야."

그때 진가희의 목소리가 들려왔다.

"호호! 그래도 너무 그러지 마요. 당신들이 위험에 처했을 수도 있다니까 먹던 술도 내팽개치고 한달음에 달려와 준 놈인데."

장일룡이 두 눈을 휘둥그레 떴다.

"……그런데 뭐 하슈?"

"와, 저 창백하고 피에 굶주린 년."

얼음과 함께 폭사된 그 끔찍한 시체들 틈에서 조심스럽게 새하얀 헝겊으로 피를 수집하고 있는 진가희.

　그녀가 곧 어색하게 웃었다.

　"힛, 아깝잖아요."

　염상록이 고개를 절레절레 저었다.

　"아주 절대경을 찍겠다 이년아."

　염상록이 장일룡을 부축한 채 앞장서며 한설현을 힐끗 쳐다봤다.

　"포양호가 모두 불타고 있다. 빨리 가 봐야 할 듯한데."

　헝겊을 맛보던 진가희가 퉤퉤거리더니 자리에서 일어났다.

　"으, 잔챙이 놈들. 입만 버렸네. 어서 가요!"

　최소 초절정의 무위를 지닌 특살귀령대원들이 순식간에 잔챙이가 되었다.

　화경의 무위를 이룬 진가희에게 그들의 피는 섭식해 봤자 큰 도움이 되지 않는 편이었다.

　염상록이 장일룡을 부축하여 천상운차에 오르자, 한설현과 진가희가 눈부신 경공을 시전해 포양호 쪽으로 쏘아졌다.

　어느덧 어둑함이 밀려나고 새벽이 찾아오고 있었다.

　'이 무슨……!'

흑천대살은 터져 나간 자신의 오른손을 바라보며 경악의 얼굴을 하고 있었다.

상대가 의념을 일으키는 것을 느끼지도 못했다.

갑작스럽게 손바닥을 간질이는 느낌이 찾아왔을 때는 이미 늦은 상태.

곧이어 엄청난 힘으로 수축되어 가는 한 점(點)이 자신의 오른손을 순식간에 집어삼켜 버렸다.

황당한 나머지 고통이 느껴지지도 않는다.

곁에 있던 철권왕이 비명을 지르듯 소리쳤다.

"그, 그게 뭐요!"

그런 일반적인 무공의 상리를 벗어난 장면은 나머지 팔왕에게도 충격 그 자체.

하지만 그들은 당황할 새도 없었다.

조휘의 검극이 엄청난 속도로 떨리기 시작하자 또다시 허공에 수많은 점들이 현신했다.

"저놈의 의념공이오! 피해!"

련주와 함께 삼패천을 일궈 낸 팔왕들은 결코 만만한 무인들이 아니었다.

감각권 내에 전해 오는 그야말로 소름 끼치는 감각!

그렇게 본능적으로 위험을 감지한 팔왕들이 전율하며 점의 반경을 벗어나기 시작했다.

하지만 무공이 약한 축에 속하는 약왕과 귀면왕은 끝내 조휘의 점을 피하지 못했다.

귀면왕의 상체가 급격하게 수축하는 점에 빨려 들어갔다.

화경에 이른 내공을 일으켜 필사적으로 벗어나려 했지만 결국은 갈비뼈가 우드득 부서지며 상체의 일부가 점에 흡수되고 말았다.

"끄아아아아아!"

약왕 쪽은 상황이 더 안 좋았다.

재빨리 경공을 시전해 벗어나려는 시도 자체는 좋았으나 바지 자락이 점에 닿고 만 것이다.

이내 그의 두 다리가 점으로 빨려 들어가더니 그대로 핏물이 되어 후드득 떨어졌다.

"흐아아아아아!"

창졸간에 두 다리를 잃은 약왕이 골반을 부여잡은 채 미친 듯이 비명을 토하고 있었다.

그때, 극한의 의념을 일으켜 장내를 벗어난 흑천대살의 뇌리 속으로 하나의 전설이 파고들었다.

'공공지검(空空之劍)?'

공간을 지배하는 검!

검으로 펼친 무학이라고는 도저히 생각할 수 없는 듯한 신묘한 검의 경지.

강호는 그런 신(神)의 흔적을 공공지검이라 기억하고 있었다.

"검신! 놈은 검신의 후예다!"

흑천대살의 경악에 찬 외침!

몸을 피한 채 숨을 고르던 팔왕들 역시 대경했다.

"뭣이!"

"그럴 수가!"

놈이 삼신 중 최강이라는 검신의 후예라고?

덜덜덜.

강호에서 신(神)이란 휘호는 그야말로 장난이 아니다.

그 어떤 문파나 세력도 신이라는 이름 앞에는 위세를 내세울 수 없는 터!

그것은 흑천련이라고 해서 다를 것이 없었다.

"퇴각……!"

흑천대살의 명령이 떨어지기가 무섭게 조휘의 신형이 순간적으로 점멸된다.

팟!

순식간에 팔왕들 사이로 파고든 조휘.

곧 그의 두 눈에 맺힌 자색 귀화가 활화산처럼 타오르자.

우우우웅!

허공에 또다시 점이 생겨났다.

한데 그 수가 자그마치 수백!

흑천대살과 팔왕들이 서 있는 곳의 삼십육방, 가히 모든 방위에서 점들이 생겨나고 있는 것이다.

조휘가 그렇게 무수히 생겨나는 점들을 바라보며 무미건

조하게 입을 열었다.

"죽어라."

검신의 검공와 마신의 마화를 한 몸에 아로새긴 조휘는 그
야말로 일인무적(一人無敵)이었다.

검패왕(劒覇王) 막사평이 죽을힘을 다해 보법을 일으켜 흑
천대살의 전면을 막아섰다.

소싯적부터 그와 함께 생과 사를 넘나들었던 흑천대살은
그의 의중을 곧바로 알아차렸다.

시간을 벌어 주려는 것.

대가는 목숨이었다.

"크아아아아아!"

후두두둑!

두 개의 공간압착점에 의해 사지가 찢기며 이내 핏물로 후
드득 떨어지고 마는 검패왕.

철권왕과 더불어 팔왕의 수좌를 다투던 초고수의 죽음이
라고는 믿을 수 없을 만큼 허망한 죽음이었다.

처절하게 꽉 문 흑천대살의 잇새 사이로 뿌드득 핏물이 흘
러나왔다.

육 년 면벽의 끝자락에 겪었던 엄청난 심마(心魔) 이래, 이
런 처절한 감정의 격통은 처음.

흑천대살의 두 눈으로 번지기 시작한 사이한 잿빛 기운이
곧 숨 막히는 살기로 화했다.

수없는 살업으로 벼려 낸 그의 무혼은 타다 만 재처럼 회색빛!

그 사도의 회안(灰眼)이, 조휘를 향해 엄청난 분노를 토해 냈다.

회회살천절예(灰灰殺天絶藝).

제구살(第九殺).

천사겁륜살(天邪劫輪殺).

천사겁륜살은 정파의 신비로운 은거기인, 모산곡주 단용성의 목숨을 단숨에 앗아 간 살초다.

정파의 팔무좌를 칠무좌로 만들어 버린 절대적인 사도의 살예가 또다시 강호에 현신한 것이다.

의형강기를 머금은 수십 자루의 쇄검이 두둥실 떠오르자 살을 에는 듯한 살기가 폭급하게 사위를 집어삼켰다.

쏴아아아아아아!

흑천대살이 수십 자루의 쇄검을 대동한 채 시위를 떠난 화살처럼 조휘에게 쏘아졌다.

친우의 목숨으로 비집고 들어간 공간을, 흑천대살은 결코 허투루 낭비할 수가 없었다.

의형강이 덧씌워진 수십 자루의 쇄검들이 일거에 조휘를 향해 날아들었다.

순간 조휘의 두 눈에 번진 암자색 귀화가 더욱 진해졌다.

콰앙!

벽력과도 같은 굉음이 일어나자 간발의 차이로 쇄검들이

허공을 갈랐다.

흑천대살이 미친 사람처럼 고개를 두리번거린다.

쐐애애애애!

후방으로부터 허공을 찢는 듯한 파공음이 들려오자.

흑천대살이 필사적으로 고개를 꺾는다.

촤아아악!

자신의 뺨을 스치며 파고드는 철검!

순간적으로 스치는 철검의 검면에, 자신이 태어나서 처음 보는 표정이 그려져 있었다.

'이 내가! 흑천대살이……!'

지독한 두려움에 빠진 저런 추레한 표정이라니!

어느새 조휘는 검(劍)을 미간 앞에 곧추세운 채 안광을 빛내고 있었다.

그런 그의 철검 주위로 드리워진 칠흑과도 같은 어둠, 공공력.

흑천대살은 철검의 좌우로 드러난 그의 두 눈을 보자마자 심장이 갈라지는 듯한 공포를 느꼈다.

같은 절대경의 무인만이 저것을 볼 수 있었다.

상대의 주위로 갑옷처럼 둘러져 물결치고 있는 어마어마한 의념의 기운.

그 광대무변함은 같은 절대경이라고는 도무지 믿을 수 없을 정도였다.

저런 엄청난 의념을 연속으로 발휘하면서, 어떻게 제정신

129

과 내공을 유지할 수 있는 거지?

순간적으로는 자신도 저런 의념을 두를 수 있었다.

그러나 말 그대로 '순간'만 가능할 뿐, 저런 강대한 의념을 상시로 유지하는 것은 전혀 다른 차원이었다.

흑천대살이 찢겨져 나간 자신의 뺨을 부여잡은 채 힐끗 조휘의 신형 너머를 응시했다.

후드드득.

팔왕 중 이왕(二王)이 핏물로 산화하고 있었다.

남아 있는 왕들도 정상은 아니었다.

철권왕은 한쪽 팔이 뜯겨져 파리한 얼굴로 지혈하고 있었고, 독안왕은 오른 어깻죽지가 모두 날아가고 없었다.

의외로 이미 부상을 입은 상태였던 귀면왕과 약왕이 살아 있었다.

'손속에 자비를 둔 것인가?'

그래도 검패왕과 귀왕을 잃었다.

마겸왕은 운이 좋았는지 저 멀리 경공을 시전에 달아나고 있었다.

사실상 팔왕들이 모두 전투 불능 상태.

자신 역시 저 광대무변한 의념을 뚫고 쇄검을 박아 넣을 수법이 마땅히 떠오르지 않았다.

결국 그의 입에서 믿을 수 없는 말이 흘러나왔다.

"······졌다."

사천회와 함께 사파를 삼분하고 있는 절대자 흑천대살이 쇄검을 늘어뜨리며 전투 의지를 거둔 것이다.

"강서에서 철수하겠다. 우리 사업장들도 모두 그대에게 헌납하지."

흑천대살로서는 남은 왕들이라도 살려야 했다. 여기서 모두 개죽음을 당한다면 흑천련의 중추가 무너진다.

검 사이로 빛나는 조휘의 두 눈이 더없이 차가운 빛을 발했다.

"절강으로 철수한 다음에는? 배 터지게 먹던 놈들이 갑자기 굶주리며 살 수 있을까?"

"……"

"네놈들이 할 짓이라고는 뻔해. 전에 그랬듯 곧바로 사천회(邪天會)나 녹림으로 달려가 연합을 제의하겠지. 조가대상회를 걷어 내고 강서를 반씩 갈라 먹자."

흑천대살이 쓴웃음을 머금다가 입을 열었다.

"흑천련주의 이름으로 강호에 천명하겠다."

히죽 웃는 조휘.

"그런 공언 따위야 언제든지 뒤집힐 수 있지. 더구나 우리 쪽 사람들을 너무 많이 죽였어."

츠츠츠츠츠츠.

조휘의 검에서 다시금 의념의 기운이 맺히기 시작하자.

흑천대살의 두 눈이 다시 잿빛으로 타오르며 신형이 흐릿해졌다.

파파팟!

살아남은 팔왕들을 낚아채며 순식간에 장내에서 벗어나는 흑천대살.

조휘는 굳이 그들을 쫓지 않았다.

지금은 적을 추적할 때가 아니라 먼저 조가대상회를 추슬러야 하는 상황.

지금 이 순간에도 고통에 겨워 죽어 가는 사원들의 비명 소리가 끊이지 않고 있었다.

그때, 조휘의 감각권 내에 익숙한 기운들이 감지되었다.

눈부신 경공을 펼쳐 도착하고 있는 한설현과 진가희!

진가희가 참혹한 현장을 발견하고서 놀란 눈을 했다.

처참하게 구겨진 사슬낫과 걸레짝처럼 찢어진 호투갑.

거기에 오직 팔왕만이 걸칠 수 있는 흑룡포의 찢겨진 조각들이 여기저기 흔적으로 남아 있었다.

진가희는 조휘가 상대했던 자들을 곧바로 알아차렸다.

"세상에! 팔왕이 모두 온 거예요? 어? 이건 련주를 상징하는 문양인데! 흑천대살까지?"

사방에 가득한 피 웅덩이에 진가희는 입술을 날름거리고 있었으나 조휘의 지독한 눈빛 때문에 섣불리 몸을 움직이진 못했다. 저렇게 진지한 조휘의 얼굴은 그녀로서도 처음이었다.

"장 부장은?"

"오, 오고 있어요. 다만 부상이 심해요."

조휘가 한설현을 응시했다.

"다친 곳은 없습니까?"

"전 괜찮아요."

다시 시선을 진가희에게 시선을 옮긴 조휘가 냉랭하게 입을 열었다.

"흡혈귀 놀음 할 생각 말고 상회부터 추슬러라. 난 포양호 동편의 상점들을 살핀다. 넌 북편. 한 소저께서는 서편의 부상자들을 살펴 주시겠습니까?"

"알겠어……요."

"네. 그렇게 하겠어요."

콰아앙!

커다란 구덩이가 생겨나며 조휘의 신형이 동편으로 사라졌다.

실종된 은봉령주를 대신해 강서 일대를 정찰하고 있던 무림맹 직속 특무대원 연십랑(蓮十郞).

그가 처참한 장내를 살피고 있었다.

조가대상회의 회장이라는 자.

운이 좋게도 골목 어귀에 숨어 그의 모든 신위를 지켜볼 수 있었던 연십랑은 아직도 충격이 가시지 않은 얼굴이었다.

흑천대살.

신비의 모산곡주를 죽인 절대경의 고수이며 사천회와 함께 사파를 삼분하고 있는 절대자.

그런 그가 채 삼 초도 펼쳐 보지 못하고 패배를 시인하더니

137

결국 꽁지 빠지게 도망을 친 것이다.

그 회장이라는 자의 무공은 그야말로 상상을 초월했다.

게다가 흑천대살이 언급한 것은 분명 전설의 검신(劍神).

조가대상회의 회장이라는 자가 진정 검신의 후예라면 그
야말로 강호의 대사건이 아닐 수 없었다.

허공을 수놓던 검은 점들.

흑천팔왕을 차례로 집어삼키던 그 점들을 바라볼 때의 심
정이란 정말이지 자신이 알고 있는 무학의 상식이 모조리 부
서지는 듯한 충격, 그 이상이었다.

자신이 본 것을 모두 종합하자면 더 이상 이 강서의 지배자
는 흑천련이 될 수가 없었다.

절대고수가 갖는 파괴력은 그만큼 지대하다.

강호의 모든 문파가 한 명의 절대경을 배출하기 위해 엄청
난 자원과 노력을 쏟아붓는 것도 그와 같은 맥락.

이제 저 젊은 절대고수의 신위는 들불처럼 일어난 소문에
의해 전 강호를 위진할 것이다.

절대고수의 진정한 가치는 그 주위로 구름처럼 사람이 운
집한다는 것.

더욱이 검신의 후예라는 상징성이 더해진다면 무림 역사
상 전에 없는 명성을 구가할 것이다.

순간 거기까지 생각이 미치던 연십랑은 더욱 소름이 돋았다.

가만 생각해 보니, 자신이 이곳에 파견된 이유는 강호에 엄

청난 파문을 일으키고 있는 조가대상회의 행보를 살피기 위함이 아닌가?

안휘와 강서로 엄청난 규모의 금(金)이 몰리고 있었다.

게다가 주변 성(省)들의 인구가 눈에 띄게 줄어들기 시작했다. 사람들 역시 안휘와 강서로 몰리고 있는 것이다.

안휘는 정파 영역을, 강서는 사파의 영역을 대표하는 곳.

자연히 그 피해는 정사를 가리지 않고 모두에게 미치고 있었다.

첩보에 의하면 현재 이곳 강서에는 사천회의 정보 조직도 대거 들어와 활동한다고 한다.

이렇듯 상회의 영향력 하나만으로도 강호를 풍운으로 몰아가고 있는 마당.

거기에 검신의 후예라는 막강한 명성이 더해진다면 무슨 일이 일어날 지는 불을 보듯 뻔했다.

무림의 역사 이래 상계(商界)의 인물이 그와 같은 권력을 거머쥔 예가 있었던가?

그의 영향력이 안휘와 강서를 넘어 북(北)으로 향한다면?

게다가 기이하게도 그와 인연이 닿은 문파들은 모조리 오대세가이지 않은가?

사천당가에서 공급받는 철. 그와 함께 상회를 경영하고 있는 제갈운, 남궁장호, 팽각.

그가 각각의 후기지수들과의 인연을 활용하여 세가들을

규합한다면?

자칫하다가는 맹(盟)이 절반으로 쪼개질 수도 있는 일이었다.

조가대상회는 명백히 맹의 위협이었다.

긴장으로 굳은 얼굴의 연십랑이 이내 경공을 시전해 장내에서 사라졌다.

◆ ◆ ◆

팽각이 시커멓게 묻은 숯검댕을 닦으며 일꾼들과 탄광에서 돌아왔을 때, 조휘와 한설현도 부상을 입은 사원들을 인솔하며 상회에 들어서고 있었다.

"설마 했는데!"

수많은 부상자들로 가득 메워진 대상회는 마치 전쟁터를 방불케 했다.

광산에서 내려오며 포양호 변 쪽에서 거센 불길이 일어난 것을 보고 필시 상회에 흉한 일이 일어났다고 예상은 했지만 상황이 너무 심각했던 것이다.

"어떤 새끼들이냐! 흑천련이냐!"

대도(大刀)를 거칠게 뽑아 들며 눈을 부라리는 팽각이었지만, 왠지 모를 앙상함에 남궁장호가 측은한 얼굴을 하고 있었다.

"이 개자식들! 내가 모조리 죽여 버리겠다!"

과연 근육의 하북팽가답게 굴고 있는 사나이 팽각.

그때, 염상록도 장일룡을 부축하며 대상회의 별채에 들어서고 있었다.

사원들을 인솔하던 조휘가 벼락같이 달려와 장일룡의 상세를 살폈다.

"아……!"

조휘는 장일룡의 두 손을 보자마자 주저앉고 싶은 심정이었다.

그의 두 손에는 살이란 것이 거의 남아 있지 않았다.

새하얗게 드러나 있는 그의 손뼈를 바라보며 조휘는 우두커니 선 채로 몸을 떨고 있었다.

"이 개새끼들……!"

창도 제법 다루지만 기본적으로 장일룡은 권사(拳士)다.

권법을 주 무기로 하는 무인에게 저런 처참한 상세는 사형선고나 마찬가지, 그의 미래가 짓밟힌 것이다.

남궁장호의 상세를 살피던 생사의문의 의원 소위강이 기겁을 하며 장일룡에게 다가왔다.

"쯔쯔…… 허어……!"

연신 혀를 차며 안타까운 얼굴을 하고 있는 소위강.

장일룡이 오히려 가슴 근육을 꿈틀거리며 위풍당당하게 외쳤다.

"싯펄, 거 왜들 그리 병신 취급하는 거요? 뭐 사람이 죽었수?"

곧 어깻죽지를 휘휘 돌리며 씨익 웃는 장일룡.

"난 끄떡없수. 그러니 그런 울상들 짓지 말라고."

조휘가 소위강을 응시했다.

"……회복될 수 있겠습니까?"

간절한 눈빛, 하지만 소위강은 고개를 절레절레 저었다.

"살이 차는 아무리 좋은 약을 처방한다고 해도 저건 무리요. 곧 썩어 들어갈 터이니 차라리 잘라 내는 게 그를 위한 길이오."

"생사의문의 의술은 천하제일 아닙니까……."

절망하는 기색으로 가득한 조휘가 장일룡의 거구 앞에 섰다.

천천히 그의 두 손을 잡는 조휘.

"크…… 그렇다고 안 아픈 건 아닌데."

그렇게 음울한 눈으로 장일룡을 응시하던 조휘가 씹어뱉 듯 말했다.

"의원님. 금화는 얼마든지 들어도 좋습니다. 제발 이놈의 손을 살릴 수 있는 방법을 알려 주십시오."

소위강은 한참이나 고심하고 있었지만 마땅히 방도가 떠 오르지 않았다.

"의술을 펼치는 자로서는 다소 황망한 말이지만…… 전설 로 내려오는 여래진토(如來眞土)라는 것이 있소만."

의술을 펼치는 자가 기적을 입에 담는 것은 자격이 없다는 소리다.

하지만 소위강은 기적을 말할 수밖에 없었다.

"여래진토(如來眞土)? 그게 뭡니까?"

진지한 조휘의 물음이었지만 소위강으로서는 난감할 수밖에 없었다.

의술을 공부하면서 그저 전해져 내려오는 풍문처럼 들었던 이야기였기 때문이다.

"마교의 난 당시 한 무사가 크게 부상을 입고 달아나다 어느 심산유곡에 갇히게 되었다고 하오."

소위강이 긴 수염을 쓸며 다시 말했다.

"당시 그는 화골산(化骨酸)에 당한 것처럼 온몸의 뼈가 다 드러날 정도의 상처를 입은 상태였는데, 유독 초목이 자라지 않는 기이한 영기를 뿜는 땅을 발견하여 그곳에 자신의 몸을 비볐더니 새살이 돋아났다고 하오."

"그곳이 어딥니까!"

소위강이 나직이 고개를 가로저었다.

"전해진 바에 의하면 당시 그 소문을 들었던 의원들이 눈에 불을 켜고 무사를 추적했으나 무위에 그쳤다 하오. 더욱 황당한 것은 의원들이 그 무사가 있던 계곡을 발견하긴 했지만 기이하게도 그곳에는 나무로 깎아 만든 여래불상(如來佛像)만 덩그러니 남겨져 있었다고 하오. 이처럼 황당한 수백 년 전 이야기에 무슨 신빙성이 있겠소."

"음……."

소위강의 말대로 너무 뜬구름 잡는 이야기.

하지만 이어진 그의 음성은 실망하고 있던 조휘의 귀를 솔

깃하게 만들기 충분했다.

"한데…… 혹 월하림(月下林)을 아시오?"

"야접과 더불어 강호의 양대 신비 정보 단체 아닙니까?"

"일설에 따르면 당시의 월하림주가 바로 그 무사라는 풍문이 있소이다."

"그게 사실입니까?"

소위강이 씁쓸한 얼굴을 했다.

"그야말로 일설일 뿐이오. 당시 월하림주의 별명은 홍인(紅人)이었소. 그를 본 자들은 한결같이 아이의 살결처럼 새뽀얗고 불그스레한 그의 피부를 기이하게 여겼다고 하오. 당시 그의 세수가 칠십이 넘은 점을 감안한다면 기이한 건 사실이지."

"음!"

"또한 사람들이 더욱 의심할 수밖에 없었던 것이, 그가 여래불상의 목걸이를 항시 차고 다녔기 때문이오. 게다가 그는 무조건 밤에만 활동했다고 하오. 당연히 사람들은 그가 자신의 비밀을 감추기 위해 그랬다고 여겼소. 그의 정보상에 월하림(月下林)이란 별칭이 붙은 것도 그 때문이오."

과연 당시의 사람들이 의심을 품을 만한 행동이었다.

칠십 세가 넘도록 새살이 돋아난 듯한 살결을 유지하는 것은 주안공(朱顔功) 계열의 무공을 익히고 있어 그렇다 칠 수 있었다.

하지만 사람들의 그런 수군거림을 들으면서까지 굳이 여

래불상을 목에 걸고 다니는 것은 그다지 상식에 맞지 않았다.

게다가 사람들의 눈을 그렇게 신경 쓰지 않는 자가 어두운 밤에만 활동하는 건 또 뭐란 말인가?

도무지 앞뒤가 맞지 않았다. 분명 뭔가 있는 것이 틀림없었다.

"아무튼 그 일로 인해 그 신비의 땅을 일컬어 강호인들은 '여래진토'라고 부르기 시작했소. 강호의 전설에 관심이 있는 자라면 한 번쯤은 들어 본 이야기일 것이오."

조휘의 얼굴은 이내 침중하게 굳어졌다.

'월하림이라…….'

야접과 더불어 강호의 양대 신비 정보 조직.

현대인인 조휘는 정보의 중요성을 누구보다 더 중요하게 생각하는 사람이었다.

그렇지 않아도 그간 그들과 접선하기 위해 엄청난 노력을 기울인 터였다.

하지만 마침내 접선에 성공한 야접(夜蝶)과는 달리 월하림은 끝내 인연을 맺을 수가 없었다.

"월하림과 접선할 수 있는 방법을 알고 계십니까?"

소위강이 쓴웃음을 머금었다.

"일개 의원에 불과한 내가 어찌 그런 신비 조직과 연을 맺을 수 있겠소. 무엇보다……."

그가 장일룡의 손을 쳐다봤다.

"월하림을 추적하고 전설이 사실임을 확인하며 천운이 닿아 여래진토를 확보한다고 칩시다. 그 시간이 도대체 얼마나 걸리겠소?"

"음……."

"이미 뼈의 변색이 시작되었소. 고사하고 있다는 의미. 사흘 안에 그의 손을 자르지 않는다면 팔 전체가 썩어 갈 것이오."

냉철하게 고민을 해 본다면 말 그대로 전설(傳說)처럼 전해 내려오는 이야기 하나만을 믿고서 도박을 할 수는 없는 노릇이었다.

소위강 의원의 이야기는 분명 터무니없는 말이었지만 조휘의 감(感)은 달랐다.

왠지 모르게 여래진토가 존재할 것 같은 기이한 느낌.

하지만 장일룡에게 남은 시간이 고작 사흘이란 것이 답답했다.

"그 문제라면 제가 해결할 수 있을 듯해요."

조휘의 고개가 부서지듯 한설현에게 꺾어졌다.

"해결? 어떤 방법으로요?"

자신감 있던 호언과는 다르게 한설현의 표정은 그다지 밝지 못했다.

"우리 북해에는 의술의 손길이 미치지 않아요. 의원들은 눈보라가 치는 북해의 땅을 곧잘 방문하려 들지 않기 때문이죠. 그래서 우리는 큰 외상을 입을 경우에는 늘 대호랍특까지

병자를 데리고 나가야 했어요. 그리고 알다시피 북해와 대호 랍특까지의 거리는 매우 멀답니다."

조휘가 뭔가 생각난 듯 눈을 번뜩였다.

"설마?"

"맞아요. 북해 사람들은 환자의 환부가 썩는 것을 방지하 기 위해 한음빙장을 활용했답니다. 하지만 그건……."

고개를 절레절레 젓는 조휘.

"말도 안 돼! 그 한음빙기에 의해 먼저 죽을 겁니다!"

"맞아요. 대부분은 대호랍특에 도착하기 이전에 한음빙기 를 견디지 못해 죽는답니다. 하지만 극고의 정신력과 체력으 로 견딜 수만 있다면 살 수 있어요."

뼈가 시리다, 혹은 한기가 골수에 치민다는 말이 있다.

그만큼 한기가 뼛속으로 침투하기 시작하면 인간이 느끼 는 극한의 고통은 상상을 불허하게 되는 것이다.

한데 천빙령을 취하고 빙인의 경지에 이른 한설현의 빙장 을 저렇게 뼈가 드러난 손으로 견딜 수가 있단 말인가?

하루는커녕 반나절도 장담할 수가 없을 것이다.

그때 장일룡이 호쾌하게 웃었다.

"크헛헛헛! 거 그까짓 냉수마찰쯤이야 무어가 대수겠수! 대산의 얼음을 깨고 한나절쯤은 거뜬하게 버틴 사내 중의 사 내가 바로 나요! 거 빙장 한번 시원하게 맞아 봅시다!"

"미친놈. 이게 무슨 장난인 줄 아냐?"

147

욕은 하고 있었지만 조휘의 얼굴은 걱정으로 가득 차 있었다.

빙백신장이 얼마나 엄청난 한음빙기를 자랑하는지는 오히려 조휘보다 한설현의 곁에서 직접 지켜본 장일룡이 더 잘 알고 있을 것이다.

하지만 그렇다고 모두에게 걱정을 끼칠 수는 없는 노릇이 아닌가?

"거 죽을상 할 거 없수다. 칠주야고 한 달이고 내 버텨 보겠수."

조휘가 진지한 얼굴로 한참이나 고민하더니 제갈운을 쳐다보았다.

"이제 사원들은 모두 수습하신 겁니까?"

"위벽호 단주가 인솔하는 사원들만 오면 끝이에요. 곧 도착할 거예요."

조휘가 멀리 장원 쪽을 눈짓으로 가리켰다.

"진법은요? 어느 정도까지 진척된 거죠?"

"형님의 실력으로 미뤄 볼 때 반나절이면 끝날 거예요. 아침에 시작했으니 곧 완성될 것 같아요."

"식량은 얼마나 확보해 놓았습니까?"

제갈운이 다소 황당하다는 듯이 웃었다.

"우리는 조가대상회예요. 조 소협이 그런 질문을 하다니 황당하군요."

하긴 조가대상회의 창고에 있는 곡물과 상품들을 이 할만 가져오더라도 이곳 사람들이 몇 달은 거뜬히 버틸 수 있을 것이다.

하지만 만사불여튼튼이라지 않는가?

한번 실수를 경험한 조휘로서는 조그만 것 하나라도 놓칠 수 없는 심정이었다.

"형님의 진법이 절대경도 버틸 수 있습니까?"

"흑천련주를 말하는 거라면…… 제가 장담드리죠."

제갈운의 두 눈이 현기로 반짝거렸다.

"형님과 제가 전력으로 변환생문(變幻生門)을 전개해서 그놈에게 지옥이 뭔지 보여 주겠어요. 사흘이고 한 달이고."

제갈세가의 천재 형제가 진법 하나에 매진한다면 분명 엄청난 진법이 탄생할 것이다.

절대경인 흑천련주를 두고도 제갈운이 저리도 자신만만하게 장담을 한다면 안심할 수 있었다.

조휘가 음울한 눈을 한 채로 한설현에게 말했다.

"……부탁드리겠습니다."

고운 입술을 꼬옥 깨물던 한설현이 장일룡에게로 다가가자.

"자 빠, 빨리 해 주슈."

꽤나 말을 더듬는 것이 호탕한 척하면서도 쫄리는 모양.

부우우웅.

한설현의 고운 섬섬옥수에 새하얀 한음빙기가 서리기 시

작하자, 갑자기 장일룡이 온몸을 비틀며 뒤로 물러났다.

"자, 잠깐! 해 보고 싶은 것이 있수!"

조휘를 비롯한 모든 동료들이 고개를 갸웃거렸다.

"해 보고 싶은 것?"

"그게 뭔데?"

장일룡이 근엄한 얼굴을 하더니 이내 강렬한 안광을 빛냈다.

"바둑판! 그리고 술!"

조휘의 두 눈이 가늘어진다.

이 미친놈이 지금 이 와중에 관운장을 흉내 내겠다는 건가?

천하의 명의였던 화타가 관운장의 어깨에 치민 독을 치료하기 위해 칼로 뼛속을 깎았을 때 관운장은 신음 소리 한 번 내지 않고 웃으며 바둑을 뒀다.

염상록이 혀를 끌끌 찼다.

"하…… 여기에는 진짜 정상인이라곤 없어."

진가희가 힐끔 그를 쳐다본다.

"응, 니가 제일 미친 놈."

"뭐래, 핏물 핥는 귀신 년이."

도토리 키 재기를 하고 있는 그들을 뒤로하며 조휘가 한설현에게 재촉했다.

"그냥 빨리 해 주시죠."

"네. 알겠어요."

부우우우웅.

한설현은 그대로 쌍장에 맺힌 한음빙기를 장일룡의 두 손
에 갖다 댔다.

순간, 장일룡이 두 눈이 더 이상 크게 뜨지 못할 만큼 벌어
졌다.

"끄아아아아아아아아아아!"

그렇게 빙백신장의 기운이 두 손에 닿자마자 장일룡은 바
둑을 두고 술을 마시려던 생각을 깨끗이 비워 냈다.

곧바로 뼛속을 감싼 극음의 기운!

이런 걸 '고통'이라는 단순한 단어로 표현할 수 있을까?

그야말로 정신이 아득해져 곧바로 혼절할 것만 같은 느낌
이었다.

고통이 극에 이르면 오히려 평안을 얻을 수 있다는 부처의
말씀이 떠오를 지경.

이렇게 죽는 건가 싶을 정도로 장일룡은 도저히 정신을 유
지할 수가 없었다.

"장 부장!"

"안 돼! 정신을 잃으면 안 돼요!"

빙백신장의 한음빙기를 맞이한 인간은 기본적으로 정신을
잃지 않고 깨어 있는 채 맞서 싸워야만 살 수 있었다.

한설현이 크게 소리쳤다.

"내공을! 어서 내공을 일으켜 한음빙기와 맞서요!"

"크르르르르……!"

장일룡이 힘겹게 눈을 뜨며 짐승이 울부짖는 듯한 괴이한 소리를 내고 있었다.

저런 고통을 몇 주씩?

아무리 장일룡이 사내라고 해도 결코 불가능할 것이다.

조휘의 철검이 곧바로 두둥실 떠올랐다.

"다녀오겠습니다!"

사뿐하게 철검에 올라탄 조휘가 곧 별채 밖으로 휘익 하고 날아가더니 이내 머나먼 창공으로 사라졌다.

촤아아아아아!

공기를 가르는 엄청난 굉음!

병상에 누워 있던 남궁장호가 두 눈만 껌뻑이고 있었다.

"지, 지금 내가 뭘 본 거지?"

제갈운도 충격으로 섭선을 떨어뜨린다.

"저, 저, 저게 말로만 듣던!"

염상록과 진가희도 얼이 빠진 건 마찬가지.

"와 씨 미쳤네. 그새 더 쎄졌네. 어검비행이라니! 하하하하!"

"와, 겁나 멋져!"

전설의 어검비행(御劍飛行)은 검신의 전유물.

이를 함께 바라본 조가대상회의 간부 하나가 읊조리듯 음성을 흘렸다.

"검신(劍神)…… 소검신(小劍神)……."

강호에 소검신이라는 단어가 마침내 처음으로 언급되는

순간이었다.

◆ ◆ ◆

조휘가 사흘을 날아와 도착한 곳은 남궁세가였다.

지금의 자신으로서는 가장 믿을 만한 곳은 남궁(南宮).

지금으로서는 남궁의 조언을 따르는 것이 최선이었다.

창천원로원의 후원에서 오수(午睡:낮잠)를 즐기고 있던 남
궁성찬이 깜짝 놀라며 침을 닦는다.

"허억! 쓰으으읍!"

갑자기 하늘에서부터 엄청난 존재감이 느껴져 기겁을 한
것이다.

휘이이익!

탁!

가뿐하게 철검에서 내린 조휘가 창천원로원의 후원을 이
리저리 살피다가 옛 생각이 난 듯 흐뭇하게 웃었다.

"여긴 여전히 아름답네요. 잘 지내셨죠? 사부님?"

남궁성찬은 몇 번이나 두 눈을 비비고 있었다.

도대체 이것이 꿈인가 생시인가.

창천담로원의 후원.

여전히 희뿌연 운무 속에서 졸졸 흐르는 청량한 시냇물과

153

만발한 기화이초들의 향 역시 그윽하기 그지없었다.

조휘는 처음 남궁세가에 찾아왔을 때의 추억으로 감회가 새로웠지만 지금은 그런 여유를 부릴 틈이 없었다.

"가주님께서는 어디에 계십니까?"

"가주? 아니 그것보다……!"

아직도 허공에 둥둥 떠 있는 조휘의 철검.

분명 저건 단순한 허공섭물 따위가 아니었다.

"……그새 또 다른 경지를 개척했단 말이더냐?"

황당함을 넘어 경악, 아니 이건 그냥 말이 되지 않았다.

한 인간의 무공이 이렇게 빨리 발전하는 것이 당최 가능한 일이란 말인가?

이기어검술의 경지가 극에 이르러 권장술로 공수를 수발하듯 자유로운 수준에 이르게 되면, 시전자의 의념과 검이 하나가 되어 비로소 검령(劍靈)을 이루게 되는데, 이때 발휘할 수 있는 것이 바로 어검비행이다.

이것은 뜻이 일면 절로 강기(罡氣)가 일어나는 의형강 너머의 경지.

아직 원로원 최고수인 자신이나 세가주 남궁수조차도 이루지 못한 미지의 세계가 지금 자신의 눈앞에 펼쳐져 있는 것이다.

같은 무혼을 이룬 절대경이라 할지라도 발휘할 수 있는 역량에 따라 그 경지가 네 단계로 구분된다.

절대지경(絶大之境) 무혼(武魂).

절대지경(絶大之境) 무령(武靈).

절대지경(絶大之境) 무극(無極).

절대지경(絶大之境) 무량(無量).

자신은 무혼의 경지를 겨우 이루고 있었고, 세가주 남궁수
는 무혼과 무령의 중간쯤.

한데 어검비행을 저리도 자유롭게 구사할 수 있다는 것은
조휘의 경지가 무령을 넘어 무극을 바라보고 있다는 방증이
었다.

대체 무극의 경지가 어떤 경지인가!

천하제일인을 다투는 무림맹의 무황과 화산의 자하검성.

그들이 이룩한 천외천의 경지인 무량(無量)을 제외한다면
소림의 공공대사가 강호의 유일한 무극(無極)이다.

이 말인즉, 이미 조휘가 칠무좌의 최정상을 달리는 강호의
절대자들과 실력을 나란히 하고 있다는 소리.

처음 봤을 때만 해도 내공만 무식하게 훌륭했지 머릿속의
초수(初手)조차 제 몸으로 발휘하지 못했던 놈이 아니었던가.

그로부터 십 년도 채 지나지 않았는데 절대경의 무혼을 넘
어 무극에 이르렀다니!

'가주의 말이 사실이었단 말인가?'

강서행을 마치고 돌아온 가주 남궁수가 희열에 찬 얼굴로
말했었다.

-조 봉공이 검신(劍神)의 후인이었습니다!

과연 길고 긴 무림사, 세 명밖에 없었던 신(神)이라더니!

신의 흔적이 이 정도로 대단한 것이었단 말인가!

한데 그런 조휘의 모습이 어딘가 모르게 다급해 보였다.

"사담은 나중에 나누면 안 되겠습니까?"

조휘의 표정이 심상치 않자 남궁성찬이 정자에서 내려와 길을 잡았다.

"지금은 가주께서 정무를 볼 시간이다. 일단 가주전으로 가 보자꾸나."

"예."

◆ ◈ ◆

남궁수가 일찍 정무를 마치고 지친 심신을 달래기 위해 후원을 찾았을 때, 남궁성찬과 조휘가 그를 기다리고 있었다.

"조 봉공?"

갑작스런 조휘의 방문에 잠시 놀라긴 했으나 남궁수는 이내 푸근한 얼굴을 했다.

"어찌 기별도 없이 이리 찾아오셨는가?"

"가주전의 위사에게 물어보니 후원으로 발걸음하신다기에 먼저 기다리고 있었습니다."

조휘가 정중하게 예를 다해 포권하면서도 어딘가 모르게 불안한 얼굴을 하고 있었다.

남궁수가 그런 조휘의 다급한 심정을 바로 알아차렸다.

"혹, 강서에 무슨 일이라도 터진 겐가?"

조휘가 고개를 갸웃거렸다.

"강서의 남궁 무사들에게 아직 따로 소식을 받지 못하셨습니까?"

"여일포에 무슨 변고라도 생겼단 말인가!"

그때, 세가로 날아드는 전서구를 담당하고 있는 기별각의 무사가 정신없이 후원으로 달려오고 있었다.

"가주님! 급보입니다!"

남궁수가 기별각의 무사가 손에 들고 있는 서찰의 색깔을 보며 크게 놀랐다.

적색(赤色).

큰 위기나 급변을 알릴 때만 사용하는 붉은 서찰이다.

"어서 가져오라!"

무사가 바로 부복하며 서찰을 내밀자 남궁수는 낚아채듯 서찰을 취하더니 곧 펼쳐 읽기 시작했다.

"아니!"

서찰을 읽는 그에게로 조휘의 잦아든 음성이 날아들었다.

"보시는 대로 흑천련 놈들이 조가대상회를 쳤습니다. 남궁의 무사들은 물론 저희 쪽도 인명 피해가 꽤 심각한 상황입니다."

157

"허!"

흑천련은 간단한 조직이 아니다.

이익을 위해서라면 물불을 가리지 않는 사파인의 특성상 수많은 정보원들을 점조직으로 운용하고 있을 터.

아무리 조심한다고 해도 조가대상회를 보호하고 있는 무사들이 남궁에서 왔다는 것을 끝까지 숨길 수는 없을 것이다.

조휘는 세가의 무인들을 은밀하게 운용하자고 제안했지만, 오히려 남궁수는 그 반대로 그 점을 이용할 생각이었다.

조가대상회를 보호하고 있는 무사들이 남궁(南宮)이란 것을 알아차린 이상 무림맹과의 마찰을 염두에 두지 않을 수가 없는 것이다.

한데 망설임 없이 공격을 하다니!

흑천련으로서도 결코 쉬운 결정이 아니었을 것이다.

사안의 경중과 조휘의 성향을 종합해 봤을 때 예상되는 것은 단 하나뿐이었다.

"혹 그들을 막다른 골목으로 몰았는가?"

"……."

조휘는 할 말이 없었다.

사실 흑천련을 향한 공급을 끊은 지 채 이틀도 지나지 않아 이렇게 대대적으로 공격해 오리라고는 생각지도 못한 자신이었다.

가장 큰 실수는 그들에게 공급하던 해약을 너무 확고히 믿었다는 것이었다.

자신들의 목숨이 조가대상회의 해약에 달려 있다고 믿는 이상 섣불리 쳐들어오지 못할 것은 자명하지 않은가?

그런 상황에서 그들이 결전(決戰)을 다짐하리라고는 도저히 예상할 수가 없었던 것.

하지만 후회는 아무리 빨라도 늦은 법이었다.

"성공에 성공을 거듭하다 보면 오로지 앞만 보이는 법."

남궁수의 음성은 조금씩 착잡해져 가고 있었다.

"옛 성현께서 이르기를, 실패해 보지 못한 자의 신념이 가장 무서운 법이라 했네."

"……."

"좌고우면(左顧右眄)하지 않고 정상을 향해 달려가는 조봉공의 성정이 그리 나쁜 것만은 아니네. 허나 그렇게 뒤를 보지 않고 달려가기엔 이제 그 어깨에 너무 많은 사람들의 운명이 달려 있지 않은가?"

조휘는 아무런 말도 할 수 없었다.

섣불리 공급을 끊은 자신의 서툰 결정이, 마신의 무공을 익힌 후 들뜬 자신감의 발로였을지도 모른다.

그 자신감이 가짜 해약 따위를 맹신하는 우를 범하게 만들었고, 삼패천(三覇天)에 속해 있는 흑천련을 깔보게 했다.

분명 좀 더 치밀하고, 사려 깊었어야 했다.

아무리 강하다고 해도 한 인간이 모든 곳을 동시에 방비할 수는 없다.

"이유야 어찌 되었든 남궁의 무사들이 죽었네."

남궁수의 진득한 두 눈.

그의 힐난에 조휘는 더욱 마음이 무거워졌다.

"이제 그들에게 답을 할 차례지."

어?

힐난이 아니란 말인가?

남궁수가 남녘을 바라보며 육중한 제왕(帝王)의 기도를 드러냈다.

"조 봉공, 이번 일로 부디 많은 성장을 이뤄 내길 바라네. 자네의 모든 결정이 수백, 수천의 생명을 담보로 하고 있다는 것을 꼭 명심하도록 하게."

조휘가 깊이 예를 표했다.

"정문일침(頂門一鍼)과도 같은 말씀, 깊이 가슴에 새기겠습니다."

창천검협(蒼天劍俠).

겪으면 겪을수록 그의 별호에 어찌하여 협(俠)이 들어서 있는지 느끼게 되는 사람이었다.

그에게 꾸지람을 들으니 조휘는 바위처럼 무거웠던 마음이 오히려 한결 가볍게 느껴진다.

마치 없었던 이정표가 생겨 버린 듯한 기이한 감정.

정도명가의 가르침이란 원래 이렇게 가슴을 울리는 건가.

"창룡단주."

남궁수의 곁에 시립해 있던 창룡단주 남궁명이 예를 표했다.

"충! 하명하십시오!"

"대남궁세가, 강서로 출정한다. 흑천련과의 개전(開戰)을 준비하라."

조휘가 깜짝 놀라며 물었다.

"맹의 지원 없이 가능하겠습니까?"

일개 가문과 세력 간의 전투다.

승산이 그다지 많지 않은 싸움.

"맹의 지원이 없다고 누가 그러던가?"

"예?"

조가대상회가 맹령을 거부해서 자연적으로 남궁세가도 맹과 틀어진 것이 아니었던가?

"얼마 전 무황께서 본 세가에 다녀가셨네. 조가대상회에서 오는 길이라더군."

"아······."

조휘도 자신이 사천에 가 있을 때 무림맹주가 다녀갔다는 사실을 알고 있었다.

"강서에서 무엇을 보셨는지 갑자기 전폭적인 지원을 약조하시더군. 무림맹 하남지부의 천룡전위대(天龍戰衛隊)를 언제라도 동원할 수 있는 천룡기(天龍旗)를 주고 가셨지."

갑자기 남궁수가 푸근하게 웃었다.

"백부님과 나, 그리고 조 봉공. 이렇게 세 명의 절대지경 무인과 본가의 최고 정예 무력단 셋. 거기에 무림맹의 천룡전위대라면 충분히 승산이 있는 싸움이지. 난 누구처럼 무모하지 않다네."

"……."

이 양반은 다 좋은데 뒤끝과 잔소리가 좀 심하다.

조휘가 나직이 한숨을 내쉬며 고개를 내저었다.

"저는 당분간 전투에 참여할 수 없습니다."

"음? 그게 무슨 소린가? 남궁보다 조가대상회가 더 위기가 아닌가?"

점점 조휘의 두 눈이 침울해졌다.

천천히 그간의 사정을 읊조리듯 이야기하는 조휘.

권사의 생명을 잃을 수도 있다는 장일룡의 딱한 사정에 남궁수도 제 일처럼 딱하게 생각했다.

"허어! 그런 일이!"

남궁수도 장일룡은 마음에 드는 후기지수였다.

강호의 젊은 후배를 대하면서 그렇게 기꺼운 마음이 들었던 것은 실로 오랜만.

"여래진토라……."

"혹 아시는 것이 있으십니까?"

"월하림주에 대해서는 들은 바가 있네만. 제법 알려진 이야기니 말이지."

"그럼 그가 여래진토에 몸을 굴려 목숨을 구한 무사란 풍문이 사실이란 말입니까?"

남궁수가 고개를 가로저었다.

"그건 말 그대로 풍문이네. 그저 무공을 익혀 젊음을 유지하고 여래불상을 목에 걸고 있다고 해서 그 무사와 동일인이라고 확언할 수는 없는 노릇이 아닌가? 다만 그는 다른 것으로 훨씬 유명했지."

"어떤 것으로요?"

남궁수가 동편을 응시했다.

"그는 소림(少林)의 역사에 가장 많은 시주를 한 향화객이네. 그의 방문이 예정된 날이면 소림사가 나한들을 보내 맞이할 정도였지."

조휘는 가볍게 놀랐다.

구파(九派)에 비하면 오대세가의 권위의식은 달빛 아래 반딧불.

그 엉덩이 무거운 소림사의 무승들, 그중에서도 나한(羅漢)의 칭호를 지닌 최고의 무승들이 일개 향화객을 맞이하러 시전에 나간다?

"도대체 얼마나 시주를 했길래 소림사의 그 고고한 나한들이 일개 향화객의 길잡이를 자처합니까?"

"백만 냥."

조휘의 두 눈이 찢어질 듯 부릅떠졌다.

"그가 평생을 걸쳐 시주한 금액이 금화 백만 냥에 달한다
는 소문이 있었네."

"아, 아니 그게 말이 됩니까?"

금화 백만 냥이라니!

합비와 강서를 지배하고 있는 상계의 절대자, 지금의 조휘
로서도 한 번도 접해 본 적이 없는 금액이었다.

"자네도 정보상을 접해 봤다면 그들의 수입을 대충이나마
짐작해 볼 수 있지 않은가. 그는 자신의 거의 모든 재산을 소
림사의 불전에 시주했네."

"와……."

금화 백만 냥이라면 지방 군벌이 군세(軍勢)를 일으킬 수
도 있는 엄청난 돈이었다.

그런 엄청난 규모의 돈을 모조리 땡중들에게 바치다니!

새삼 소림사의 명성, 그 위력이 느껴진다.

"아니 도대체 왜요? 그런 엄청난 돈을 왜 모두 소림사에게?"

"그 이유를 모르니 신비한 것이지. 다만 그가 소림과 깊은
인연이 있는 것만은 확실하다네."

"음……."

잠시 생각을 정리하던 조휘가 다시 입을 열었다.

"혹시 월하림과 접촉할 방법을 알고 계십니까?"

한데, 이어 들려온 남궁수의 음성은 조휘에게 청천벽력과
도 같았다.

"그렇지 않아도 맹이 그들을 추적한 세월이 벌써 삼십 년이 넘었네. 그들은 완벽히 강호에서 종적을 감추었지. 그들이 멸문지화를 당했다는 것이 이젠 거의 정설처럼 되었다네."

"……멸문요?"

허탈한 마음에 멍해져 버린 조휘.

"여래진토가 목적이라면 오히려 소림사로 가 보게."

"소림사는 왜……?"

남궁수가 기다란 미염을 쓰다듬으며 말했다.

"일설이긴 하네만 말년에 후계자에게 모든 권한을 위임한 월하림주가 끝내 소림에 입적(入寂)했다더군."

소림사라.

조휘는 일단 얼굴부터 구겨졌다.

이놈의 중(僧)과 도사(道士)들은 너무 고고하다.

개중에서도 소림이라면 중원의 무공이 모두 자신들로부터 나왔다는 천하공부출소림(天下功夫出少林)의 자부심이 하늘을 찌르는 문파가 아닌가.

그런 엄격, 진지, 근엄, 도도한 중들을 상대하려니 벌써부터 조휘는 머리가 지끈거렸다.

"소림의 수뇌들이 절 만나 주겠습니까?"

"자네는 절대경의 무위를 지닌 본가의 봉공이네. 게다가 당금의 상계(商界)에 커다란 파문을 일으키고 있는 조가대상회의 회장이기도 하지. 그리고……."

남궁수가 조휘의 소매를 쳐다보며 빙그레 웃었다.

"소림은 오는 향화객을 마다하지 않는다네."

분명 그의 시선이 향하고 있는 곳은 자신의 소매 속 전낭.

조휘의 얼굴이 더욱 구겨진다.

"아니 무슨 중들이 그리도 돈을 밝힌단 말입니까?"

"대부분의 불가와 도가들, 즉 구대문파의 특성이 본디 그러하네."

구파는 오대세가처럼 적극적으로 세속에 얽혀 사업을 하지 않는다.

불가의 가르침인 공(호)과 도가의 가르침인 무위(無爲)는, 기본적으로 인간의 욕망을 절제하고 버리는 것으로부터 시작한다.

때문에 속세의 사람들과 어울려 돈을 번다는 것은, 재물을 탐하는 마음인 물욕(物慾)을 절제하지 못하는 것이니 불가의 계율에 위배되는 행동이라 할 수 있는 것이다.

상황이 이렇다 보니 그들로서는 속가제자들의 무관에서 들어오는 시주나, 향화객들의 불전(佛錢)에만 목을 맬 수밖에 없었다.

수천 명의 불제자들을 거느리고 있는 소림.

아무리 검소한 삶을 불제자들에게 다그친다고 해도 기본적으로 사람은 먹어야 살 수 있기에 그들이 하루에 짓는 밥의 양만 해도 어마어마하다.

거기에 정례적으로 열리는 각종 봉축(奉祝) 행사에 소요되는 경비, 몰려드는 향화객들에게 대접하는 공양 등 소림의 명성을 유지하는 데 필요한 품위 유지비도 장난이 아닌 것이다.

"음……."

하지만 장일룡.

한 사람, 무인의 생명이 달린 일에 돈을 따져서야 되겠는가.

소림의 땡중들이 돈을 그리 밝힌다면 어쩌면 더 잘된 일일지도 모른다.

조휘가 다시 남궁수를 응시했다.

"지금 바로 출정하실 겁니까?"

"걸어오는 싸움을 피한다는 건 제왕의 도리가 아니지."

"그럼…… 부탁드리겠습니다. 제가 강서로 돌아오는 날까지 교전을 피해 주십시오."

"음……."

죽어 간 가솔들의 원혼을 달래는 일.

참담한 마음, 그 복수심을 잠시 누그러뜨리란 말일진대, 그것이 얼마나 어려운 부탁인지 조휘로서도 모르지 않았다.

"……부탁드리겠습니다."

하지만 남궁수는 오히려 그런 조휘의 마음이 기꺼웠다.

자신이 직접 전장에 합류함으로써 수많은 사람을 살릴 수 있다는 것, 그것을 먼저 자각하고 있는 것이다.

스스로의 뛰어난 능력에 도취되기는 쉬우나, 어떤 상황에서도 '책임'을 자각하는 것은 쉽지 않은 법이다. 이번 일이 그의 또 다른 성장을 이끌어 낸 계기가 된 것이다.

"그렇게 하지."

"아! 그리고 또 하나 부탁드릴 것이 있습니다."

장일룡의 위중한 상세 때문에 결국은 제대로 살피지 못했던 것.

"저희 상회에 이여송이라는 총관이 계십니다. 지금 실종 상태이신데……."

침중한 얼굴로 고개를 끄덕이는 남궁수.

"나도 안면이 있네. 그는 자네의 철방을 운영하고 있는 인사가 아닌가?"

세가에 찾아와 개천운차의 지붕을 개폐하는 방법, 각종 편의 사양들을 설명하고 점검해 주던 이 총관을 남궁수는 아직도 기억하고 있었다.

"무슨 말인지 알겠네. 내 찾아보도록 하지."

"감사합니다."

허리를 깊숙이 숙이며 예를 보이던 조휘.

이어 그가 허리에 차고 있던 철검이 절로 검집을 빠져나와 허공에 두둥실 떠올랐다.

탓!

사뿐하게 검에 오른 조휘가 다시 한 번 예를 다해 포권하며 입을 열었다.

"그럼, 포양호에서 뵙겠습니다."

쏴아아아아아!

허공을 가르는 철검의 소리가 맹렬히 들려오며 곧 아득히 멀어지는 조휘.

남궁수의 입이 그대로 쩍 하고 벌어졌다.

"아, 아니 저, 저게 무슨……!"

과거보다 더욱 강대해진 그의 의념을 느끼고는 있었지만 무려 어검비행이라니!

남궁성찬이 기다란 수염을 쓰다듬으며 말했다.

"허허…… 검신의 후예라."

그런 조휘의 엄청난 경지가 남궁에게 홍복(洪福)이 될지 화(禍)로 남을지 아직은 모르는 일이었다.

◆ ◈ ◆

하남성(河南省) 등봉현(登封縣).

숭산(嵩山) 소림사(少林寺).

소실봉으로 향하는 중턱, 그 기다란 능선에 자리 잡은 소림 사는 화산과는 또 분위기가 달랐다.

화산이 높이 솟아오른 첨봉과 천혜의 협곡으로 자연에 대 한 경외감이 들게 만들었다면, 숭산은 너르고 부드러운 어미 의 품 같은 자애로운 느낌이 있었다.

인간을, 중생을 한 아름 포용하는 듯한 자연.

중원의 산을 경험하면 할수록, 중과 도사들이 왜 그렇게 필사적으로 산(山)에 모여 사는지 조금은 알 수 있을 것 같았다.

조휘는 기다랗게 늘어져 있는 향화객들의 행렬을 바라보며 고개를 갸웃거렸다.

기다란 행렬의 끝, 그곳에 소림사의 산문은 보이지도 않았다.

이렇게 많은 사람들이 매일같이 불전(佛錢)을 가져다 바치는 데도 소림의 중들은 왜 그렇게 돈을 밝힌단 말인가.

행렬의 바깥쪽, 깊게 우거진 수풀에 착지한 조휘가 검을 허리에 패용하고 다시 한 번 행렬을 살핀다.

그제야 조휘의 고개가 끄덕여졌다.

소림사를 향하는 향화객들은 대부분이 가난한 사람들.

그나마 행색이 나은 자들이 목피근이나 한 줌의 공양미를 들고 있을 뿐, 대부분의 향화객들은 헌향(獻香)하기 위해 값싼 향만 하나 달랑 들고 있었다.

더구나 그 행렬의 사이사이에는 거지로 보이는 사람들도 많았는데 필시 향화객들에게 대접하는 공양, 즉 절밥을 먹기 위해 기다리고 있는 것일 터.

그런 그들의 면면을 살핀 조휘가 그제야 고개를 끄덕거렸다.

'적자네. 반드시 적자야.'

돌아가신 아버지의 내세가 평안하길 기원하고, 어머니의 병마가 물러나길 간절히 바라며, 태어나는 자식을 축원하기 위해 몰려드는 향화객들을 어찌 내쫓을 수 있겠는가.

불가의 성지를 자처하는 소림, 그 명성이 건재한 이상 오는 향화객들을 마다한다는 것은 있을 수 없는 일.

그저 한 번 살핀 것만으로도 조휘는 소림의 고충이 느껴졌다.

장일룡을 생각하면 조급한 마음이 가득 차올랐지만 그렇다고 오랫동안 배를 곯은 자들을 두고 새치기를 할 수는 없는 노릇.

어쩔 수 없이 조휘는 기다란 행렬의 마지막에 섰다.

그러자 향화객들이 일제히 조휘를 쳐다봤다.

추레한 행색의 자신들과는 달리 조휘가 화려한 비단 무복을 걸치고 있었기 때문이다.

한눈에 봐도 귀공자의 태가 한껏 묻어나고 있는데 옆구리에 철검까지 차고 있으니 누가 봐도 강호인이라는 것을 알아차릴 수 있는 상황.

조휘의 앞에 서 있던 아낙네가 조심스럽게 눈치를 보며 입을 연다.

"산문으로 바로 오르시지요!"

"마, 맞수. 공자님 같은 귀한 분이 왜 저희 같은 자들과 함께 줄을……."

조휘는 다소 당황했지만 그 말을 듣자마자 지금까지 강호인들이 어떻게 처신해 왔는지 곧바로 깨달을 수 있었다.

현대인인 자신으로서는 신분에 상관없이 줄을 서는 게 자연스럽고 당연한 일이었다.

아무리 사정이 있어 마음이 급하다고 해도 그것은 당연히 지켜야 할 질서.

하지만 이곳 중원은 법보다는 힘이 지배하는 세상이었다.

강호인이나 귀족들은 하층민들을 결코 배려하지 않는 것이다.

"아닙니다. 줄을 서겠습니다."

오기가 치민 조휘.

여타의 강호인들처럼 무공을 익혔다 하여 다른 이들을 무시한다면 현대인으로서의 자신의 신념을 스스로 무너뜨리는 일이었다.

"아니 그럴 필요가 없는데……."

강호인이 자신들과 함께 줄을 서겠다고 하니 한껏 이상한 모양.

그때 그들 곁으로 한 무리의 무승(武僧)들이 지나가고 있었다.

이마에 계인(戒印)이 선명한 것이 필시 소림사의 무승들.

'호오……'

조휘는 가볍게 놀랐다.

외공(外功)의 원조 소림사답게 땀에 흠뻑 젖어 번들거리고 있는 그들의 몸이 하나같이 강건하기 짝이 없었기 때문이다.

한데 그들 중 하나가 조휘를 흘낏 쳐다보니 정중하게 한 손으로 합장했다.

"아미타불, 혹 시주께서는 어디서 오신 소협이시오?"

조휘는 화답으로 두 손을 모아 합장하려다 다급히 한 손을 내렸다.

다른 불문의 승려들은 모두 합장을 했지만 오직 소림의 예법만은 다르다는 것을 뒤늦게 떠올렸기 때문이다.

소림의 위대한 불자 혜가(慧可).

눈이 펑펑 쏟아지던 그 옛날, 그는 불존의 가르침을 간절히 바랐지만 끝끝내 달마선사는 거부하고야 말았다.

하지만 혜가는 그에 아랑곳하지 않고 단숨에 자신의 팔을 잘라 결의를 보였다.

지금 이곳에 붉은 눈이 내리지 않는 이상 결코 제자로 받아줄 수 없다던 달마선사.

하지만 그런 결의에 깊은 감동을 받은 그는 결국 혜가를 제자로 거둘 수밖에 없었다.

불존으로 추앙받는 외팔이 혜가 스님 이후, 소림은 그를 기리기 위해 한 손으로 합장을 했다.

조휘가 어색하게 웃으며 입을 열었다.

"남궁세가에서 왔습니다."

조휘에게 질문하던 무승이 크게 놀란 얼굴을 했다.

"아니, 남궁세가의 검수께서 어찌 산문에 오르지 않고 이곳에 줄을 서고 계십니까?"

173

조휘의 어색했던 얼굴이 조금씩 씁쓸하게 변해 갔다.

"저보다 훨씬 먼저 도착한 사람들입니다. 모두 각자의 사정으로 헌향하기 위해 이 험한 산을 올랐는데, 제가 아무리 마음이 급한들 오랫동안 배를 곯으며 기다린 사람들을 앞서야 되겠습니까."

"그래도 세가에서 오신 소협께서 어찌……."

"아미타불!"

불문의 사자후가 가미된 강건한 음성이 들려오자 조휘가 고개를 꺾어 그를 바라보았다.

"범승 사조님을 뵙습니다!"

"사조님을 뵙습니다!"

일제히 한 손으로 합장하는 무승들.

고아하게 고개를 끄덕이며 후학들의 인사를 받아 주던 범승대사(梵乘大師)가 다시 물끄러미 조휘를 응시하고 있었다.

"허허허……."

조휘의 대답은 범승대사에게 큰 울림을 주고 있었다.

조휘의 음성이 마치 중생을 보듬는 불존의 마음처럼 느껴졌던 것이다.

"아미타불, 시주는 본 사에 어인 용무로 오셨소이까."

자애로운 미소.

조휘가 한 손 합장으로 예를 표하며 입을 열었다.

"저는 조가대상회의 회장 조휘라고 합니다."

"음?"

하남과 안휘는 성의 경계가 맞닿아 있어 중원 전체로 치면 지척이라고 할 수 있었다.

범승대사도 연일 명성이 높아지는 조가대상회를 익히 들어 알고 있었던 것이다.

"아미타불, 조가대상회의 영웅이셨구려. 노납 역시 그 명성을 익히 흠모하고 있었소. 환영하외다."

"감사합니다."

범승대사는 마주 합장하면서도 기이한 눈초리를 빛내고 있었다.

무공을 익힌 태는 분명히 선연한데 그 경지를 도저히 살필 수 없었기 때문.

'기이한 일이로고.'

기감을 높여 읽고자 할 때면 어김없이 내기가 흩어지고 말았다.

이건 마치 방장(方丈)을 마주하고 있는 것 같지 않은가?

'그럴 리가⋯⋯?'

소림방장 공천대사(空天大師)가 어떤 인물인가?

지닌 무위가 칠무좌에 근접한 일파의 장문이다.

아직 이립도 안 되어 보이는 눈앞의 청년이 이룰 수 있는 경지가 아닌 것이다.

'아냐.'

175

조휘는 조휘대로 당황해하고 있었다.

뭔 처음 보는 중이 이리도 노골적으로 기파를 보내며 탐색하려 들다니!

물론 의념으로 죄다 흩어 놓았지만 이 중은 도무지 포기를 몰랐다.

조휘가 약간은 짜증 섞인 투로 입을 열었다.

"대사님? 뭐 하세요?"

"아미타불, 아무것도 아니외다."

이 뻔뻔한 중 좀 보소.

실컷 탐색에 열 올리고 나서도 오리발 내밀듯 태연자약하게 불호를 외다니.

"아미타불, 그만 실례했소이다. 노납은 이만…… 헉!"

갑자기 범승대사가 뒤로 물러나며 온몸을 사시나무 떨듯 떨고 있었다.

그의 경악한 시선이 바라보고 있는 것은 조휘의 목 부근.

"그, 그, 귀물은……!"

손에 들고 있던 불장마저 떨어뜨리며 얼어붙고 마는 범승대사.

조휘가 자신의 청옥 목걸이를 꺼내며 고개를 갸웃거렸다.

"이걸 아십니까?"

34章.

이걸 또 알아본다고?

마교의 신녀와 만났을 때도 그렇고 의천혈옥을 알아보는 사람이 점점 늘어 가는 느낌이다.

한데 왜 저렇게 당황하고 있는 거지?

조휘가 침을 꿀꺽 삼키며 다시 말을 이어 갔다.

"대사님께서는 이 구슬의 정체에 대해서 알고 계십니까?"

"……."

크게 뜬 눈으로 연신 몸을 떨고 있던 범승대사는 차마 입이 떨어지지 않는 듯 몹시 두려운 얼굴을 하고 있었다.

범승대사가 몸을 가누지 못할 정도로 갑작스럽게 휘청거

리자 그를 부축하기 위해 모여든 무승들도 당황하기는 마찬
가지.

묻고 싶은 것이야 많았지만 어쩔 수 없이 조휘는 그가 진정
할 때까지 기다리기로 결정했다.

그렇게 반각쯤 지났을까.

한참이나 마음을 추스르던 범승대사가 간신히 말문을 열
었다.

"……소승과 함께 방장을 만나겠소이까?"

조휘의 눈이 기이한 빛을 머금었다.

그가 스스로를 부르는 호칭을 노납(老衲)에서 소승(小僧)
으로 바꾸었기 때문이다.

물론 둘 다 자신을 낮춰 일컫는 말이었지만 소승이 좀 더
자신을 낮추는 의미.

조휘는 그런 그의 태도 변화에 이 승려가 생각보다 많은 것
을 알고 있다는 것을 직감했다.

"이곳에서 나눌 이야기가 아니외다. 어서 산을 오르시지요."

조휘로서는 반가운 상황.

어쨌든 자신의 목적은 소림의 수뇌를 만나는 것이다.

상황이 조금 이상하게 돌아가긴 했지만 대뜸 소림방장을
만나게 해 주겠다니 반갑지 않을 수가 없었다.

"알겠습니다."

그렇게 조휘는 범승대사와 함께 소림사의 산문을 넘었다.

그렇게 산문을 넘자마자 눈에 들어온 풍경.

곧바로 조휘의 얼굴에 이채가 스친다.

보통의 문파들은 터를 잡을 때 내·외원으로 구분을 둔다.

담 안에 또 다른 담을 두어 적의 침입을 방비하기 위함이 첫 번째요, 제자들의 성취에 따라 그 소속에 차등을 두어 소속감이나 경쟁심을 고취시키기 위함이 두 번째다.

한데 소림은 그런 내·외원의 구분이 없었다.

소림사의 사원(寺院), 그 전각들은 그저 자유롭게 터를 잡고 있었다.

어떤 사원은 능선 아래 너르게 드리워진 그늘에 자리 잡고 있었고, 어떤 전각은 뾰족한 기암괴석의 중턱에 위태롭게 매달려 있었다.

그런 모습이 신비하기도 했지만 적의 침입을 생각하지 않는 그런 전각 구조에 소림의 당당한 자부심이 느껴졌다.

비록 당대에는 화산의 기세에 밀려 잠시 주춤하고는 있으나 그래도 강호의 역사 속에서 소림이 구가해 온 위상은 결코 만만치 않았다.

범승대사와 함께 좀 더 걸어가 너른 연무장에 다다랐을 때 우렁찬 기합 소리가 천지를 진동했다.

-합! 타아아앗! 흐압!

질서 있게 도열한 수백여 명의 무승들이 엄정하게 동작을 내지르며 수련하고 있었던 것.

이에 조휘는 인상을 찡그리며 귀를 막았다.

이놈의 소림무공은 꼭 저렇게 괴성을 질러야만 수련이 되나?

사실 소림무공의 동작들 대부분 후(吼:외침)의 구결이 가미되어 있었다.

강건하고 웅혼한 호흡으로 정신을 단련하고 마음을 바로 세우는 것이 소림무공의 원천이기 때문이다.

그러다 가끔 변태처럼 후(吼)에 엄청난 자질을 보이는 자가 나타나는데.

그런 자들은 십중팔구 소림 칠십이종절예 중 가장 독특한 무공이라 할 수 있는 사자후(獅子吼)를 배울 기회를 얻게 된다.

"흐아아아앗! 으헙! 하아아아앗!"

조휘가 보기에 맨 앞의 저 땅딸보 무승이 바로 그런 변태였다.

분명 키도 땅딸막하고 체구도 그다지 크지 않은 편인데 목청만큼은 현대의 웬만한 확성기 저리 가라였다.

그렇게 잠시 그를 눈여겨보던 조휘가 어느덧 지객당과 나한전을 지나 소림방장이 기거하고 있는 방장실에 다다랐다.

"아미타불."

범승대사가 나직이 불호를 외자 방장실 한편을 지키고 있던 무승이 빠른 걸음으로 다가와 한 손으로 합장했다.

"범승 사조를 뵙습니다."

"방장께서 안에 계시느냐?"

"예, 계십니다. 드시지요. 한데 저 시주께서는⋯⋯."

날카롭게 벼려진 무승의 눈빛이 조휘를 훑고 있었다.

"외인(外人)이나 따질 계제가 아니네. 모든 책임은 내가 질 터이니 그만 물러나게."

"⋯⋯알겠습니다."

범승대사를 따라 방장실에 들어선 조휘.

그의 눈에 가장 먼저 들어온 것은 방장실 한편에 몸을 기대고 있는 대나무 지팡이였다.

보통의 대나무라면 기다랗고 곧기 마련인데, 저 지팡이는 기이한 모양으로 아무렇게나 굽이쳐 자란 모습이었다.

더욱 기이한 것은 은은한 광채를 내뿜고 있다는 것이었는데, 아마도 가장 상단에 박혀 있는 녹옥(綠玉)의 기운 때문인 것 같았다.

비로소 조휘는 오랜 전통의 천하제일, 구파의 구심점이라는 소림사의 제대로 된 위용을 보는 것만 같은 기분이 들었다.

강호인의 평생을 통틀어 한 번도 보기 힘들다는 소림의 녹옥불장(綠玉佛杖)을 봤으니 말이다.

"아미타불, 방장을 뵙습니다."

소림방장 공천대사(空天大師).

그 유명한 칠무좌 공공대사의 사형이며, 하늘 끝에 다다른 불심과 지혜로 당대의 선종(禪宗)을 이끌고 있는 자.

하지만 그런 위명과는 다소 어울리지 않게 평범한 행색이었다.

화려한 법복은커녕 오래 묵은 태가 역력한 싯누런 가사(袈娑)를 단출하게 걸치고 있었고.

체구나 외모도 어디서나 볼 수 있는 일반적인 노승이었다.

만약 소림사의 방장실에서 만나지 않았다면 소림방장이라고는 도저히 생각할 수 없을 정도로 평범한 노스님이었다.

"허허허…… 어서 오시게. 그 얼굴 한 번 보기 힘들다는 지객당주께서 갑자기 어인 일이신가?"

범승대사의 직책은 지객당주.

날마다 밀려오는 향화객들을 맞이하는 것이 그의 임무였다.

때문에 그는 다른 수뇌와는 달리 매우 바쁜 몸이었다.

범승대사의 두 눈에 어린 현기가 더욱 깊어졌다.

"방장 어른, 저는 오늘 지객당주로서의 신분을 잠시 벗을까 합니다."

"아미타불, 갑자기 그게 무슨 소린가?"

범승대사가 가사의 품을 뒤지더니 뭔가를 꺼내며 나직이 한숨을 내쉬고 있었다.

그것은 시커먼 염주.

칙칙한 묵광으로 뒤덮인 그 염주는 기이한 문양으로 가득했다.

한데 그 문양들은 일반적인 불문의 상징이 아니었다.

악마들을 이끌었던 아수라(阿修羅), 그와 싸웠던 제석천 (帝釋天)을 상징하는 문양!

"하원(下院)!"

항시 여유를 잃지 않던 소림방장 공천대사가 벌떡 일어나 정중히 한 손으로 합장하며 예를 표하고 있었다.

달마하원(達磨下院).

어둠 속에서 소림을 수호하는 자들.

구성원 모두가 비밀에 쌓여 있는 그 은밀한 달마하원이 지금 모습을 드러낸 것이다.

공천대사가 경외감이 어린 얼굴로 다시 입을 열었다.

어둠 속에서 천년소림을 수호하는 자에게 어찌 방장의 권위나 배분을 앞세울 수 있겠는가.

그의 입에서 무거운 공대가 흘러나왔다.

"아미타불, 하원을 뵙소이다. 지객당주께서 하원에 몸담고 있을 줄은 몰랐구려. 한데 소림에 무슨 일이라도 생긴 것이오?"

달마하원은 소림이 위기에 빠지지 않는 이상 등장하지 않는 집단이다.

허면 소림이 어떤 화(禍)라도 입을 지경이란 말인가!

범승대사는 갑작스런 방장의 공대에 당황해했다.

"저는 하원의 밀승(密僧) 중에서도 가장 말단 계급인 무영승(無影僧). 속세를 살피며 정보를 수집하는 임무를 맡고 있지요. 제가 비공(秘功)을 익힌 파마승(破魔僧)도 아닐진대,

방장 어른의 공대는 제게 너무 무겁습니다."

공천대사가 단호히 고개를 가로저었다.

"아미타불, 천년소림을 지켜 온 하원의 이름 앞에 그 어떤 소림의 제자가 권위를 내세울 수 있겠소. 그것보다 어서 말씀해 보시오. 무슨 일이 생긴 거란 말이오?"

범승대사가 침중하게 굳힌 얼굴로 조휘를 응시했다.

"그 옛날 우리 천년소림의 역사에 단 한 번 멸문의 위기를 겪은 적이 있었습니다."

공천대사는 크게 놀랐다.

강호의 역사에 벌어졌던 난(亂) 중에서 가장 큰 규모의 혈겁은 '천마교의 난'.

허나 소림은 그런 커다란 재앙 속에서도 결코 산문을 마인들에게 내어 주지 않았다.

"이 공천이 모르는…… 또 다른 혈겁이 있었단 말이오?"

범승대사가 고개를 가로저었다.

"그 일은 혈겁같이 세상에 알려진 재앙이 아니었습니다. 방장 어른."

"……허면?"

순간, 범승대사의 두 눈에 짙은 어두움이 서리기 시작했다.

"……그 일은 단 한 명의 신인(神人)으로부터 비롯되었습니다."

이어진 달마하원의 비사.

어느 날 소림에 한 명의 무인이 찾아와 소림사를 향해 일갈했다.

-제석천의 법보를 내놓아라!

그가 말하는 제석천의 법보란 달마하원으로서는 결코 내놓을 수 없는 보물 중의 보물.

당연히 고대의 전설 속 불문밀공(佛門密功), 제석천의 비공을 이은 십팔 파마승들이 사력을 다해 그와 맞서 결전을 벌였다.

한데 아수라와 그를 따르는 마귀를 상대했다는 전설의 비공이 단 한 사람에게 처참하게 무너졌다.

도무지 상상도 할 수 없는 경지.

같은 무공이라고는 도저히 생각할 수 없을 정도로 그의 신위는 가히 신에 다름이 아니었다.

그렇게 소림의 모든 불제자들이 경전을 외며 참혹한 마음으로 멸문을 기다리고 있을 때 당대의 신(神)이 나타났다.

그는 놀랍게도 당시의 십여 년 전, 천마교의 난을 일으켰던 장본인 마신(魔神)이었다.

"그 마신이…… 신인(神人)의 단 십 초도 견디지 못하고 죽었습니다."

"뭐라!"

그 당시 인간이 도달할 수 있는 최고의 경지라는 절대경의 경지를 넘어, 자연경이라는 새로운 경지를 개척한 마의 신이 단 십 초도 견디지 못했다고?

도대체 그게 말이나 되는 일인가?

경악을 넘어 망연자실해진 공천대사의 얼굴.

"아미타불…… 한데…… 그렇게 모든 혈전이 끝났을 때…… 마신이 목에 걸고 있는 목걸이에서 고색창연한 서기(瑞氣)가 일어나기 시작했습니다."

"……목걸이?"

범승대사가 묵묵히 고개를 끄덕이며 다시 말을 이어 갔다.

"이유는 모르지만 그 순간 신인이 경악하며 그 자리에서 달아났습니다."

너무나 황당한 이야기.

그렇게 간단하게 마신을 물리친 자가 마신의 목걸이를 보더니 뒤도 돌아보지 않고 도망을 갔다고?

범승대사가 묵묵히 이야기를 듣고 있던 조휘를 쳐다보며 담담히 손으로 가리켰다.

"이 시주께서 목에 걸고 있는 것이 바로 그 목걸이입니다."

돌연 공천대사의 눈에 의아함이 물들었다.

"……아미타불, 그건 또 무슨 뚱딴지같은 소리요?"

마신의 시대는 지금으로부터 아득한 과거.

한데 당대의 인물인 범승이 어찌 그런 전설 속 귀물을 알아

본단 말인가.

당시의 예인이 화폭으로 남겨 두었더라도 실물을 알아보는 것은 차원이 다른 문제였다.

그런 의아함은 조휘도 마찬가지였다.

"갑자기 끼어들어서 죄송합니다만 뭔가 착각하신 것 같군요. 이것은 저희 가문의 보물입니다."

말이 되지 않았다.

오랜 세월 조씨 가문 대대로 내려오는 보물, 의천혈옥.

이것이 그 옛날에 존재할 수는 있었겠지만 마신이 조가(曹家)일 리는 없지 않은가?

그랬다면 혈옥 속 선조들 틈에 마신이 끼어들어 있었어야 정상이다.

그것도 아니라면 선조들은 마신에 대해 반드시 무언가를 언급했을 것이다.

"아미타불, 착각이 아니외다 시주."

"아니 이건 제 가문의 보물……."

범승대사가 조휘의 말을 잘랐다.

"아직 그의 시체가 소림에 남아 있소."

"네? 누구의? 설마 마신……?"

범승대사가 고개를 끄덕인다.

"그렇소."

조휘뿐만 아니라 소림방장 공천대사 역시 깜짝 놀라고 있었다.

"아미타불! 우리 소림에 마신의 유해가 남아 있단 말씀이오?"

"그렇습니다 방장 어른."

"허어……!"

묵묵히 생각을 정리하던 조휘가 별안간 눈을 빛냈다.

"혹시 그 마신의 유해에 아직……."

그것은 조휘의 예상대로였다.

"아미타불, 그렇소이다. 그의 유해와 함께 잠들어 있는 그 목걸이는 지금 시주가 차고 있는 목걸이와 한 치도 틀림없는 동일한 물건이오. 내 목숨을 걸고 확언할 수 있소."

공천대사가 침음을 삼키며 말했다.

"흐으음…… 적어도 이 녹옥불장의 권위가 미치는 곳은 내 모두 알고 있는바, 도대체 그곳이 어디란 말이오?"

"달마동입니다. 방장 어른."

공천대사의 얼굴이 황당함으로 물들었다.

달마동이라면 무승들이 면벽 수련을 하기 위해 수시로 드나드는 곳이 아닌가?

"아미타불, 또한 마신의 시체는 유해(遺骸)라 부르기도 좀 애매합니다."

"음?"

"그의 생전 모습 그대로 남아 있습니다. 방장 어른."

조휘는 황당하게 굳어 버렸다.

도대체 마신이 언제 적 인물인가?

현대의 과학을 알고 있는 이상, 인간의 시체가 수백 년이 지난 지금까지 남아 있다는 것을 도무지 받아들일 수가 없었다.

그것은 현대인이 아닌 공천대사에게도 마찬가지.

"아미타불…… 천하에 기이한 일이로고."

강호의 전설 속에 수많은 기사(奇事)가 있다지만 이런 기사는 그에게도 금시초문.

조휘가 범승대사를 쳐다봤다.

"그 현장을 제가 좀 볼 수 있겠습니까?"

공천대사 역시 범승대사를 지그시 응시하고 있었다.

전설 속의 마신.

수양이 깊은 공천대사에게도 그런 마신의 모습을 실제로 본다는 것은 참을 수 없는 갈증이었다.

하지만 그곳은 필시 달마하원이 관리하고 있는 곳일 터.

"아미타불, 방장 어른께 찾아온 것이 바로 그 이유 때문입니다. 외인을 불마동에 데려간다는 것은 간단한 문제가 아니지요."

"……불마동(佛魔洞)?"

그곳은 달마동 내부의 숨은 심처로 속세를 어지럽히는 마인이나 주화입마에 빠진 파계승들을 가둬 놓던 곳이었다.

하지만 그것은 오래전 무림맹이 존재하지 않았던 때의 이야기.

지금은 강호를 어지럽히는 공적이 출현하면 모두 무림맹으로 압송되거나 추살된다.

때문에 불마동은 현재 소림의 운영이 미치지 않는 곳이었다.

"아미타불, 그 불마동 어딘가에 마신의 유해가 있단 말이오?"

"그렇습니다."

"허어……!"

소림의 법도에 따르면 달마동은 결코 외인에게 허락되지 않는 장소.

해서 아직 공천대사에게는 의문이 남아 있었다.

"아미타불, 한데 하원(下院)은 어찌 저 시주를 보자마자 소림의 비처인 불마동으로 데려가기로 결정한 것이오?"

"……."

잠시 뜸을 들이는 범숭대사.

"아미타불…… 그것은 마신의 유언 때문입니다."

"마신의 유언?"

자꾸만 자신이 모르는 비사가 흘러나오자 조금씩 언짢아지는 공천대사.

그래도 자신은 명색이 소림을 대표하는 방장이다.

한데 소림의 명운이 달려 있었던 이런 엄청난 사건에 지금까지 까막눈이었다니 심기가 불편해지는 것은 어쩔 수 없는 노릇이었다.

"언제고 강호에 자신의 것과 똑같은 목걸이를 차고 있는

자가 출현한다면 반드시 자신의 유해로 데려오라는 유언이
었습니다."

"허어……."

공천대사의 눈빛이 깊어진다.

천년소림의 역사 속, 외인을 달마동에 들여보낸 것은 죄인
을 제외한다면 아무도 없었기 때문.

천하의 그 어떤 문파보다도 계율과 법도가 엄정하게 살아
있는 소림임에, 공천대사의 고심은 깊어질 수밖에 없었다.

"아미타불…… 허면 지객당주의 뜻이 하원을 대표할 수 있
는 것이오?"

달마하원 전체의 의사인지 묻고 있는 공천대사.

"달마하원은 무림의 역사에서 마신의 진면목을 아는 유일한
단체입니다. 마신은 그 이름처럼 마(魔)가 아니었습니다. 그
는…… 후우…… 아미타불…… 아무튼 방장 어른. 달마하원의
밀승이라면 누구라도 반드시 마신의 유지를 받들 것입니다."

엄정한 눈빛으로 고개를 끄덕이던 공천대사가 방장실 한
편에 세워져 있던 녹옥불장을 치켜들었다.

"아미타불, 시주의 불마동 입장을 허하오."

조휘는 장일룡을 생각하면 한시가 급한 마음이었으나, 다
른 의천혈옥의 존재와 마신 역시 간단한 사안은 아니었기에
어쩔 수 없이 마주 합장했다.

지금으로선 빠르게 마신의 유해를 확인한 후 여래진토에

대해서 알아보는 수밖에 없었다.

"감사합니다."

범승대사가 먼저 길을 잡자 공천대사와 조휘도 그를 따라 나섰다.

◆ ◈ ◆

'……와 씨.'

조휘는 염불을 외는 소리가 이렇게도 무서울 수가 있구나 싶었다.

음습한 동굴 속 거의 모든 방향에서 중얼중얼 염불 외는 중 저음 소리가 들려온다.

이런 음습하고 무서운 곳에서 최소 삼 년, 길면 구 년 동안 벽곡단만 씹으며 면벽 수련이라니!

계율을 어겨 어쩔 수 없이 갇히는 건 이해가 된다지만, 수련 때문에 제 발로 달마동에 입동하는 소림제자들은 도대체 가 제정신이란 말인가?

평범한 사람이라면 고작 사흘조차 버틸 수 없을 것이다.

저벅저벅.

그런 염불 외는 소리 사이로 범승대사의 발자국 소리가 울려 퍼지고 있었다.

한 손으로 합장한 채 일정한 보법으로 나아가는 그의 얼굴에는 극고의 진중함이 느껴졌다.

마치 불도의 완성을 위해 고련하는 수도승처럼 엄정하기 짝이 없는 몸가짐.

그가 지금 이 순간을 얼마나 가치 있게 여기는지 단숨에 느껴질 정도였다.

그렇게 진중하게 걷던 그가 일순 멈춰 서더니 어느 한 벽면의 기관을 작동시켰다.

쿠쿠쿠쿠쿠쿠

엄청난 진동과 함께 먼지가 떨어지자 벽면에 커다란 석문(石門)이 드러났다.

이내 석문에 일필휘지로 새겨진 글자가 나타났으니 그것은 바로 불마동(佛魔洞)이었다.

마침내 불마동의 석문이 모두 열리자 갑자기 엄청난 악취가 확 풍겨 왔다.

조휘가 기겁을 하며 코를 막았다. 황급히 가사의 소매로 코를 막는 건 공천대사도 마찬가지.

"아미타불, 유장독(油障毒)입니다. 극독은 아니나 사람의 심신을 지치게 하지요. 내력을 운용하여 배출해 내면 별문제 없을 겁니다."

과연 그의 말대로 내력을 운용해 독기를 몰아내자 금방 머리가 맑아졌다.

불마동의 내부에 들어서자 곧 거대한 공동이 조휘의 시야에 들어왔다.

사방 천지에 종유석으로 가득한 거대한 공동은 협소한 달마동과는 전혀 다른 세상이었다.

"이곳부터는 반드시 소승이 지나가는 자리로만 따라오셔야 합니다."

범승대사의 얼굴이 한껏 신중해졌을 때 공천대사의 깊이 탄복하는 음성이 들려왔다.

"허어, 이와 같은 심처에 기관이 있는 것도 놀라운데 아직 작동하고 있단 말이오?"

"아미타불, 본디 불마동은 죄인들을 가두기 위한 곳입니다. 이곳 입구 외에도 수많은 기관이 아직도 건재하니 저를 잘 따라오셔야 합니다, 방장 어른."

"알겠소."

계속 신경을 쓰지 않으면 범승대사가 밟았던 자리를 그대로 따라 밟는 것이 쉽지가 않았다. 유장독이 은은한 연기처럼 동굴의 바닥에 흩날리고 있었기 때문이다.

그렇게 범승대사를 따라나서기를 이각쯤 지났을까.

거대했던 공동이 좁아지는 부근에 끝도 보이지 않는 깊은 구멍이 조휘의 시야에 들어왔다.

그 아득한 깊이에 가슴이 서늘해지는 조휘.

그때 범승대사의 황당한 음성이 들려왔다.

"아미타불, 저를 따라 뛰어내리시지요."

"……예?"

저 끝도 모를 구멍으로 뛰어내리라니? 이 땡중이 지금 정신이 나간 건가?

"그럼……."

휘리릭!

승포 자락을 휘날리며 곧바로 구멍으로 뛰어내려 버리는 범승대사.

곧이어 그가 하강하면서 일으키는 엄청난 바람 소리가 들려온다.

"……하."

공천대사가 조휘를 지그시 응시했다.

"아미타불, 그는 하원의 밀승이외다. 그의 말은 천금의 무게보다 무겁소."

휘리릭!

그렇게 말을 끝내고는 공천대사도 뛰어들어 버렸다.

"아니 이 땡중들이……!"

황당한 얼굴로 한참이나 끝도 보이지 않는 구멍을 바라보던 조휘가 어쩔 수 없다는 듯 미간을 매만졌다.

"에라 나도 모르겠다."

의념을 일으켜 능공천상제(凌空天上梯)나 허공답보(虛空踏步)를 유지할 수는 있었지만, 생사를 넘나드는 전장도 아닌데 굳이 자신의 무위를 소림에 드러내기는 싫었다.

쏴아아아아아!

중력에 의해 조휘의 몸이 미친 듯이 구멍 아래로 빨려 들어갔다.

가공할 풍압에 의해 몸이 제멋대로 휘날린다.

고층 아파트에서 뛰어내리면 죽기 전에 기절한다더니 과연 정신이 아득해질 지경이었다.

하는 수 없이 조휘는 천근추를 일으켜 몸의 중심을 바로 했다.

아래로 향하던 머리가 위쪽으로 고정되니 조금은 살 것 같았다.

그러나 천근추로 인한 가속은 막을 수 없었다.

'깊다!'

아래로 하강한 지 한참이나 되었지만 아직도 구멍의 끝은 보이지도 않았다.

한데.

촤촤촤촤촥!

"커흑!"

갑자기 엄청난 충격과 함께 온몸이 구속되는 느낌이 몰아친다.

한 치 앞도 보이지 않는 어둠 속.

조휘가 황급히 검천전능지체를 일으켜 안력을 돋우자 그의 두 눈에서 눈부신 백광이 흘러나왔다.

"헐!"

자신의 주위로 광활한 은빛 그물이 펼쳐져 있었다.

초거대 상회의 주인인 조휘가 그 그물을 알아보지 못할 리가 없었다.

"……이게 다 천잠사라고?"

놀랍게도 공동을 막고 있는 수십 장의 그물은 모두 천잠사로 짜여 있었던 것.

제법 먼 곳에서 범숭대사의 목소리가 들려왔다.

"아미타불, 시주의 안목이 꽤 고명하외다."

"와 씨."

이걸 모두 잘라 팔면 도대체 돈이 얼마야?

검천전능지체를 거둔 조휘가 아쉽다는 듯 입맛을 다시고 있었다.

"이곳이 바로 불마동이오."

과연 거대한 그물의 끝자락으로 시선을 옮기자 죄인들을 가두는 수많은 동굴들이 일렬로 늘어서 있었다.

"와……!"

한번 들어오면 결코 빠져나갈 수 없는 곳!

어검비행(御劍飛行)을 발휘할 수 있는 절대경의 상위 경지를 이룩한다면 말이 달라지겠지만 그만한 경지를 이룩하는 것이 어디 쉬운 일인가?

게다가 이런 곳에 마인을 가두면서 내공과 근맥을 폐하지 않을 리가 없다. 탈출을 생각조차 할 수 없는 것이다.

"아미타불, 가시지요 시주."

그 말을 끝으로 범승대사가 곧바로 보법을 일으켜 그물에서 벗어나자 조휘도 남궁의 보법 뇌전풍(雷電風)을 일으켜 첫 번째 동굴의 전면에 도착했다.

이미 그곳에 도착해 있던 공천대사는 파리해진 안색으로 굳어져 있었다.

"……아미타불! 도대체 이런 마기가!"

'마기(魔氣)?'

조휘도 황급히 기감을 끌어올려 동굴 내부를 감지해 보았으나 공천대사가 말했던 마기라고는 한 줌도 느껴지지 않았다.

오히려 정순하고 강건한, 그리고 친숙한 기운이 자신의 기감에 포착되고 있었다.

'마신공!'

틀림없었다.

이건 자신의 마신공과 한 치의 틀림도 없는 동일한 기운.

"아미타불, 벌써 느껴지십니까? 방장 어른, 저기 동혈의 끝자락에 마신의 유해가 있습니다."

"노납의 평생을 통틀어 이런 정순하고도 지독한 마기는 처음이오!"

조휘는 내심 의아했다.

정순하다는 표현은 이해할 수 있었지만 지독한 마기라고?

조휘의 입장에서는 검천대신공이나 마신공이나 별 차이가

없었다. 기운의 성질이나 특성에 그다지 차이를 느끼지 못하는 것이다.

'그럼 검신 어른의 검천대신공이 본래 마공 계열에 더 가깝다는 말인가? 내가 위화감을 느끼지 못하는 이유가?'

그건 또 그것대로 말이 안 되는 것이 자신이 남궁세가의 내공을 무수히 겪어 왔다는 것.

검천대신공과 남궁의 내공을 비교해 보면 내기의 성질이 엄청나게 차이가 나는 편은 아니었다.

그런 궁금증보다는 오히려 풍겨 오는 마신공의 기운 그 자체가 더 궁금했다.

"분명 시체라고 안 하셨습니까?"

이건 분명 살아 있는 무인이 내공을 운용할 때 느낄 수 있는 내기의 파장!

"아미타불, 말로는 설명이 불가하오. 직접 보는 수밖에 없소이다 시주."

묵묵히 고개를 끄덕이던 조휘가 보법을 일으켜 앞서 나아갔다.

어느덧 마신공의 기운이 진득하게 느껴지는 공혈 앞에 도착한 조휘.

범승대사와 공천대사도 뒤따라 도착했다.

"여기군요."

"흡!"

"허어어!"

공혈의 문 앞에 도착하자마자 대경하더니 돌연 경전을 외기 시작하는 두 대사(大師).

둘 다 식은땀을 뻘뻘 흘리는 것이 그저 서 있는 것만으로도 지독한 고통을 느끼는 듯했다.

그때 범승대사의 꽉 문 잇새 사이로 침음성이 흘러나왔다.

"시주…… 어서 들어가시오."

아니 왜 고통을 느끼는 걸까?

순간 그런 의문이 차올랐지만 조휘는 이내 걸음을 옮겨 공혈의 문을 밀었다.

두근.

저 멀리 보이는 강건한 신체.

그자를 보자마자 가슴 언저리에서 익숙한 감각이 전해져온다.

놀랍게도 마신의 유해로 추정되는 자가 가부좌를 튼 채로 공중에 두둥실 떠 있었다.

한데…….

조휘의 시선은 그의 아래에 부서져 있는 불상(佛像)의 잔해에 닿아 있었다.

'여래불상……?'

놀라 크게 뜬 눈으로 안력을 돋우자.

"어?"

그의 피부가 붉었다.

분명 머리는 새하얗게 쉬어 있었지만 그의 온몸은 새살이
돋아난 듯 붉디붉었다. 마치 아기 피부처럼.

"홍인(紅人)?"

여래불상.

홍인.

분명 이건 소위강 의원이 묘사했던 월하림주(月下林主)의
모습이 아닌가?

조휘는 잠시 뇌 정지에 돌입했다.

소위강이 묘사했던 '월하림주'는, 분명 '천마교의 난'에 의
해 부상을 입어 기이한 계곡에 갇히게 된 정파 무사의 이야기
였다.

당연히 천마교의 난을 일으켰던 '마신'이 그 월하림주가 될
수는 없다.

다시금 마신의 유해를 자세히 살펴보는 조휘.

마치 마신의 정체를 아는 듯한 조휘의 반응에, 마기와 사투
를 벌이던 범승대사가 힘겹게 입을 열었다.

"……시주! 뭔가 짚이는 바가 있단 말이오?"

"저 사람 혹시 월하림주 아닙니까?"

범승대사가 침중하게 고개를 끄덕였다.

마신의 용모가 워낙 독특하기 때문에 그런 조휘의 반응은
예상했던 바였다. 이미 월하림주의 풍문은 강호에 제법 알려

져 있었기 때문이다.

"아미타불…… 그렇소. 그는 월하림주임과 동시에 마신이오."

조휘가 마신의 유해를 향한 시선을 풀지 않은 채 당황한 음성을 이어 갔다.

"아니 이건 앞뒤가 맞지 않은 상황인데요? 월하림주는 분명 마신의 난에 의해 부상을 입은 정파인으로 알려져 있잖습니까?"

"아미타불……."

범승대사는 쉽사리 입을 열지 못하고 있었다.

마신의 진정한 정체에 대해 말하기 위해서는 달마하원이 알고 있는 비밀의 대부분을 밝혀야 했다.

처음 보는 외인에게 함부로 이야기하기가 꺼려지는 것이 당연한 것.

조휘도 눈치가 있다.

그가 말하기를 주저하고 있다는 것을 단숨에 파악한 조휘가 가늘게 한숨을 쉬며 천천히 마신을 향해 걸어갔다.

익숙한 마신공의 파장이 더욱 짙어진다.

일단 검천전능지체를 일으켰다.

자신의 것과 기운은 동일했지만 성취의 결은 하늘과 땅 차이였다.

훨씬 진일보한 느낌.

이것이 검신 사부님이 말씀하셨던 진정한 신의 경지, 제칠경 마신지경(魔神之境)이란 말인가.

그렇게 좀 더 걸어가자 마신의 용모가 더욱 자세하게 시야에 들어온다.

기다랗게 늘어진 백색 미발(美髮).

한일자로 굳게 다물어진 입과 다부진 얼굴.

새살이 돋아난 듯한 아이 같은 피부를 제외하면 그다지 특징적인 외모는 아니었다.

그러나 그건 단지 용모일 뿐.

일 장 이내로 접근하자 상상도 못 할 강대한 기운이 몰아쳐 조휘의 내부를 진탕시켰다.

"흐읍!"

조휘는 당혹스러웠다.

절대경의 무극에 근접한 자신의 경지로도 이만한 압박감이 느껴진다고?

그 순간.

사르르르르르르……

흘러내리듯, 또 나부끼듯 환상처럼 사라져 가는 마신의 유해.

또한 그가 내뿜고 있던 강대한 마신공의 기운이 씻은 듯이 사라진다.

그렇게 그의 육체가 허무하게 사라진 자리에는 새파란 귀기를 뿜고 있는 목걸이만 덩그러니 남아 있었다.

"……아아!"

똑같다.

자신이 지니고 있는 의천혈옥의 모양과 단 한 치도 틀리지 않는 동일한 목걸이!

옥(玉)을 감싸고 있는 저 금박의 문양도 금줄의 꼬인 형태도 틀림없는 의천혈옥의 모습 그대로였다.

휘우우우웅.

탁.

마신의 모습이 완전히 사라지자 잠시 바람결이 일어나더니 이내 목걸이가 바닥에 떨어진다.

비명처럼 들려오는 범승대사의 목소리.

"아미타불! 아아! 마신이여!"

그를 기리는 듯 연신 불호를 외며 예를 다하는 범승대사.

그의 곁에 있던 공천대사도 나직이 불호를 외며 마신의 내세를 축원하고 있었다.

"아니 이게 무슨!"

당황해하는 태가 역력한 조휘.

아니, 그 긴 세월 동안 생전의 모습을 유지하고 있던 마신이 왜 하필 지금 이 순간 환상처럼 사라져 버린단 말인가.

멍하니 굳어진 채 한참이나 서 있던 조휘.

그가 곧 천천히 걸어가 마신의 의천혈옥을 살펴보기 시작한다.

우우웅-

그의 손길이 닿자마자 반응하는 마신의 의천혈옥.

조휘가 전류가 흐르는 듯한 찌릿한 감각을 느꼈을 때 또다시 방금 전과 비슷한 상황이 펼쳐졌다.

"아니 또?"

사르르르르-

마신의 의천혈옥도 환상처럼 빛살로 변하다가 이내 물결치며 허무하게 흩어지고 있었다.

그 새파란 기운들은 흩어질 듯 하면서도 한참을 허공을 노닐다가 순간 조휘의 의천혈옥을 향해 빨려 들어가기 시작했다.

갑자기 크게 눈을 부릅뜨는 조휘.

"……크윽!"

뇌가 부서지는 듯한 처절한 격통이 밀려오자 조휘가 몸을 비틀거렸다.

조휘가 동혈의 벽면을 손으로 짚으며 깨질 것만 같은 머리를 매만진다.

'이건……?'

이 느낌은 흡사 환생 직후 처음으로 중원에서 깨어나던 그날의 느낌과 비슷하다.

그런 조휘에게로 범승대사와 공천대사가 다가왔다.

"허어…… 이런 기사(奇事)가!"

탄복하는 소림방장 공천대사.

마신의 유해가 기백 년 동안 강력한 마기를 뿜으며 생전의 모습을 유지하고 있다는 것만으로도 기경할 마당이었다.

한데 눈앞의 청년이 다가가자마자 마치 열반(涅槃)에 이른 고승처럼 육체가 흩어져 버리다니!

그럼 저 마신이라는 자가 달마, 혜가, 혜능 조사님들과 같은 경지에 이르렀단 말인가!

자신으로서는 감히 상상도 할 수 없는 경지를 눈앞에서 보았으니 그 감동이란 이루 말할 수 없었다.

"아미타불······ 아미타불······."

반면, 범숭대사는 눈시울을 붉힌 채 연신 합장하며 허리를 숙이고 있었다.

세간에 알려진 것과는 달리, 마신은 달마하원 역사상 최대의 은인이자 귀인.

달마하원의 밀승으로서 그런 그의 마지막 모습을 눈에 담았으니, 그 감개무량함을 어찌 말로 표현할 수 있겠는가.

허나 마신의 마지막 유훈을 이룬 셈이요, 오랜 약조를 지킨 셈이니 뿌듯한 마음도 동시에 일어났다.

"아미타불, 시주가 마신의 연자(緣者)라는 것은 확실한 것 같구려. 노납이 보기에 분명 무슨 기사가 일어난 것 같긴 한데······ 시주에게 어떤 변화라도 생겼소이까?"

곤혹스런 얼굴로 미간을 매만지던 조휘가 공천대사의 질문에 대답했다.

"아뇨. 갑자기 원인 모를 두통이 몰아친 것 외에는 변화랄 게 없습니다."

"흐음……."

또 다른 의천혈옥을 지닌 마신이라 해서 내심 거창한 정보라도 파악할 줄 알았던 조휘는 갑자기 모든 게 짜증이 났다.

'아오, 이게 무슨 시간 낭비냐.'

고작 마신의 최후나 보자고 이렇게 긴 시간을 의미 없게 소모해 버렸다고 생각하니 열이 치밀어 오를 대로 오른 것.

조휘의 짜증 서린 얼굴이 그대로 범승대사를 향했다.

"여래진토에 대해 아십니까?"

곧바로 본론을 꺼내는 조휘.

범승대사가 잠시 머뭇거리더니 곧 입을 열었다.

"아미타불, 하원(下院)은 그 일에 대해는 아는 바가 없소이다."

당황해하는 조휘.

"아니 방금 전에 마신이 월하림주라고 인정하셨지 않습니까?"

"강호의 소문이란 것은 본디 진실에 살이 붙어 왜곡되거나 왕왕 부풀려지게 마련인 법이오. 소승 역시 여래진토의 풍문을 듣긴 하였으나 그것이 사실인지는 모르오."

"하……."

마신의, 아니 월하림주의 용모를 분명 눈앞에서 직접 봤다.

새살이 돋아난 듯한 불그스레한 피부, 그 아기 같은 살결을 두 눈으로 똑똑히 목격한 것이다.

"아미타불, 혹 시주가 여래진토의 풍문을 추적하는 이유를 들을 수 있겠소?"

곧 가늘게 한숨을 내쉬며 그간의 사정을 간결하게 설명하는 조휘.

장일룡의 딱한 사정을 모두 들은 범승대사가 나직이 불호를 외웠다.

"아미타불, 시주 그런 문제라면……."

동혈을 둘러보며 말을 이어 가는 범승대사.

"이곳을 살펴보시오. 이곳에는 그가 지내며 남긴 많은 흔적들이 있소이다. 그 흔적들 속에 그 답이 있을 것이오."

"흔적이요?"

"그렇소. 그는 불가에 귀의한 그 순간부터 자신의 업(業)을 뉘우치기 위해 이곳에서 지냈소."

마신이 칠흑과도 같은 어둠이 드리워진 이 불길한 동굴 속에 스스로 갇혀 말년을 보냈단 말인가.

조휘는 공천대사와 범승대사를 번갈아 쳐다보다 하는 수 없이 한숨을 내쉬며 검천대신공을 운용했다.

ㅊㅊㅊㅊㅊㅊ-

조휘가 치켜든 철검에서 눈부신 백색의 강기(罡氣)가 흘러나오자.

"아, 아미타불!"

"허어!"

그 광대무변하고도 강맹한 기운에 기겁을 하는 두 대사.

무엇보다 이어진 조휘의 행동이 더 황당했다.

눈부신 백색 강기의 빛살로 동혈의 이곳저곳을 비추며 살피기 시작하는 조휘.

검수의 극의(極意)라는 검강을 고작 횃불처럼 활용한다고?

게다가 검강을 저렇게 길게 지속하는 것이 정말 아무렇지도 않단 말인가?

"아미타불…… 절대지경란 말인가?"

"허어! 그럴 수가!"

순간적으로 강기를 발출하는 것과 지속하는 것은 차원이 다른 문제다.

저리도 쉽게 강기를 발출하고 또 지속할 수 있다는 것은 무혼을 이루지 않고서는 결코 불가능한 일.

순간, 소림방장 공천대사는 가슴이 답답해졌다.

달마동에 들어서기 전 인사를 나누었을 때 분명 이자는 남궁세가의 봉공이라고 자신을 소개했다.

남궁세가의 창천담로원주가 창천안(蒼天眼)을 이뤘다는 소문도 파다한 마당이었다.

최근 남궁세가의 기세가 심상치가 않은 상황.

한데 거기에 절대지경의 무인이 또 한 명 추가된다니!

한 세가(世家)에 세 명의 절대지경이라…….

오랜 강호의 역사 속에 그런 가문이 있었던가?

무신의 가문, 사마(司馬)를 제외한다면 지금까지 그런 세가는 존재하지 않았다.

그것은 오랜 전통과 역사를 지닌 구대문파에서조차 흔한 일이 아니었다.

'제왕의 가문이 천하를 누비겠구나.'

구파의 권위를 대변하는 무림의 북두(北斗), 자신은 그런 소림을 이끄는 방장이었기에 마냥 속 좋게 축하할 수만은 없는 입장이었다.

그렇게 동혈의 벽면을 살피던 조휘가 별안간 깜짝 놀라는 듯 했다.

"음?"

그가 발견한 것은 수많은 글귀들.

그러나 그 글귀들은 이어지거나 어떤 체계를 지니고 있진 않았다.

대부분이 그때그때 심경을 파편처럼 휘갈겨 놓은 느낌.

그 흔적들은 문자였다가 때론 그림이기도 검흔이기도 했다.

조휘는 그런 마신의 흔적에서 어떤 복잡한 심경을 느낄 수 있었다.

그의 이성이 냉철하고 차가웠다면 이렇게 복잡한 파편처럼 남겨 두지 않았을 테니까.

"아미타불…… 뭔가 알아볼 수 있는 것이 있겠소?"

하원의 밀승들은 이 마신의 흔적들을 오랫동안 연구해 왔다.

그가 남긴 심득의 한 자락이라도 연구하여 밝혀낼 수만 있다면 소림의 무공에 엄청난 도움이 될 것은 자명한 이치. 하지만 밀승들은 그 어떤 성과도 내지 못했다.

조휘가 미간을 구기며 입을 열었다.

"아니 도대체 저더러 뭘 보란 거죠? 아무런 도움도 안 되는데요."

대분이 검흔에 의해 패인 흔적이나 격정이 가득 느껴지는 낙서 따위에 불과하다.

"아미타불…… 시주께서 찾고 있는 그 치유력은 마신의 능력 중 하나였소이다. 소승이 알고 있는 건 그것이 전부이오."

"……마신의 능력?"

이 무슨 또 개소린가.

그럼 그 계곡에서 신비로운 흙에 몸을 담가 온몸이 치유되었다는 그 이야기가 모두 구라란 말인가.

'그에게 자체 치유 능력이 있었다고?'

제 몸을 치유할 수 있는 능력을 지닌 천마삼검(天魔三劒)의 마신이라!

아니 그런 마신을 어떻게 이길 수 있단 말인가?

그런 인간 같지도 않은 무인을 이름 모를 신비인이 단 십 초 만에 죽였다고?

천마삼검은 검신 어른조차 받아 낼 수 있을지 의문이 생길 판국이었다.

천마삼검의 위력이 얼마나 광대무변한지 뼈저리게 느낄 수 있었던 조휘로서는 도무지 이해가 되지 않았다.

"아미타불, 그렇소. 그의 불가해(不可解)한 치유력은 당시의 밀승들이 모두 지켜본 틀림없는 진실이외다."

그런 범승대사의 말을 들은 조휘가 다시 동혈의 벽면을 살펴 갔다.

지금도 장일룡은 극한의 고통 속에 죽어 가고 있는 터.

조휘로서는 혹시라도 마신의 치유력에 대한 단서를 찾을 수만 있다면 지푸라기라도 잡고 싶은 심정이었다.

"……어?"

조휘의 시선이 멈춘 곳.

분명 저건 낙서가 아닌 그림의 형태다.

아니 그런데 이건 좀…….

-크윽! 이런 이혼(移魂)의 격통이라니……! 그런데 여긴 어디……?

조휘의 머릿속에 누군가의 음성이 들려온 그 순간.

-앗! 그건 안 돼. 보지 마! 고개를 돌리란 말이다!

조휘가 발견한 것은 춘화도(春畫圖).

곧 조휘가 어처구니가 없다는 듯한 표정으로 굳어 버렸다.

'아니, 설마 혹시 마신이세요?'

35章.

낯 뜨겁다.

보지 않으려 해도 도저히 눈을 뗄 수가 없다.

저 완벽한 비율, 저 아름다운 굴곡을 보라!

분명 여인의 나신을 그려 놓았음에도 천박하지도 음란하지도 않았다.

엄청난 디테일!

끈질긴 집념, 고절한 장인 정신이 없이는 도저히 완성할 수 없는 그런 그림이었다.

고작 검흔(劍痕)만으로 저런 처절한 묘사가 가능하다니······.

현대에서 태어났다면 훌륭한 19금 웹툰 작가가 되어 떼돈을 긁…… 아, 아닙니다.

그렇게 조휘가 감탄에 감탄을 거듭하고 있을 때 또 다른 목소리들이 동시에 들려왔다.

-크으으윽…… 대체 이곳은……?

-아아, 저자들은 또 무엇이란 말인가?

-다, 다른 존자(尊者)들이다!

-허어! 그럴 수가!

순간, 조휘는 등줄기에 소름이 좌르르 돋아났다.

분명 들려온 목소리들은 조가(曹家) 어르신들의 그것이 아니었다.

한데 지금 그들이 언급하고 있는 것은 다름 아닌 '다른 존자'들!

'제 조상님들이 아직 그곳에 계신단 말입니까!'

조휘의 갑작스런 물음에 그들 역시 당황해하는 듯했다.

-우, 우리의 말이 들린다고?

-그게 가능한 일이오?

-이런 천지가 개벽할 기사(奇事)가!

다른 모든 이들이 당황하고 있는 것과는 달리, 마신으로 추정되는 자의 목소리만큼은 침착하기 그지없었다.

-크핫핫핫핫! 드디어 혼세천옥끼리 닿았구나! 마침내 이어지고야 말았어!

혼세천옥?

조휘가 미간을 가득 찌푸리고 있었다.

분명 의천혈옥을 따로 지칭하는 단어일 터.

도대체 이 목걸이의 정체가 무엇이길래 이토록 이름이 다양하단 말인가?

조가의·어른들은 의천혈옥(義天血玉)이라 부르고, 천마교의 마인들은 성화마옥(聖火魔玉)이라 부르며, 이제는 뭐 혼세천옥(混世天玉)이라고?

-내 분명 누구이 말하지 않았소! 생육(生肉)의 몸으로 존자의 영격을 지닌 연자(緣者)가 나타날 거라고!

잔뜩 흥분한 마신의 목소리를 들으며 조휘가 깊은 생각에 빠진다.

마신의 혈옥이 아지랑이처럼 흩어지다 자신에게로 흡수되었고, 동시에 환생 직후와 같은 두통이 일어났다.

돌아가는 상황을 보니 마신의 의천혈옥, 그 속에 갇혀 있던 존자들도 자신의 영혼 속을 비집고 들어온 것.

'내 영혼이 무슨 모텔이냐고…….'

-모텔? 그게 무엇이냐?

-이자의 기억 속 세상이 좀 이상하오. 도대체…….

-허어! 이건! 중원인이 아니란 말인가?

'아니 일단 그것보다 우리 조상님들이 그곳에 있냐고요!'

들려오는 마신의 목소리.

-있다. 모두 강력한 법술(法術)에 의해 구속되어 있구나.

한결같이 영격이 봉인되어 있군.

그런 마신의 음성을 들은 조휘가 이내 안도의 한숨을 내쉬었다.

일단 조상님들의 존재 자체가 사라지지 않았으니 참으로 다행이었다.

'그런데 어르신들은 누구세요?'

-우리는 독고일가다.

독고일가(獨孤一家)라면 오래전 명멸해 간 독고세가를 일컫는 건가?

그런 가문이 있었다는 것은 조휘도 알고 있었다.

그러나 워낙 오래전에 멸문한 가문이라 그들에 대한 정보는 그리 많이 남아 있지 않았다.

한 가지 확실한 것은 그들이 정파에 속해 있던 가문이라는 것이다.

한데 마신이라니?

그때 대사들의 헛기침 소리가 들려왔다.

"허음! 아미타불……."

"커흠!"

그들은 조휘가 갑작스럽게 춘화도를 비추자 식겁을 하며 뒤로 돌아 연신 불호를 외고 있었다.

조휘는 그런 대사들을 한 차례 힐끗 쳐다보더니 신경도 쓰지 않고 다시 속으로 마신에게 말했다.

'사람을 회복시킬 수 있는 술법을 익히고 있다는 게 사실입니까?'

-천우자(天宇子) 어른의 조화회생술(造化回生術)을 말하는가 보군.

'천우자?'

고개를 갸웃거리는 조휘에게로 또 다른 누군가의 목소리가 들려온다.

-본 도의 술법이 뭐 어쨌단 말이냐?

헐, 본인 등판?

조휘는 더 이상 머뭇거릴 이유가 없었다.

홱 하고 고개를 돌려 대사들을 바라보는 조휘.

"이곳에서 이제 어떻게 나가죠?"

범승대사가 백색으로 타오르던 조휘의 검강이 사라진 것을 확인하고는 헛기침을 하며 다시 조휘를 향해 몸을 돌렸다.

"아미타불, 그것이…… 조금 복잡하외다. 일단 출구의 절진(絶陣)을 통과해야 하오. 하지만 절진의 생문(生門)이 열리려면 월음의 기운이 가득 차는 자시(子時:23~01시)까지 기다려야 하오."

"음……."

"거기에 출구를 통과한다고 해도 기관으로 가득한 멸마공동(滅魔空洞)이 기다리고 있는데 그곳은 오직 하원의 밀승들만이 파훼할 수 있소이다."

설명만으로도 머리가 지끈거리는 조휘.

조휘는 그런 범승대사의 말을 가볍게 무시하고 이내 철검을 허공에 띄웠다.

뭐 복잡하게 생각할 필요가 없었다.

어검비행(御劍飛行)의 경지를 이룬 자신으로서는 들어온 곳으로 나가면 그만이다.

탓!

검에 올라탄 조휘가 대사들을 향해 한 손으로 합장했다.

"많은 도움이 되었습니다. 그럼 이만……."

답답한 마음에 검강을 일으켜 이미 무위를 드러낸 마당. 지금에 와서 망설일 이유가 없는 것이다.

경악의 얼굴로 굳어 버린 두 대사.

"아, 아니 이보시오. 시주!"

"허억! 어검비행이라니!"

도무지 믿을 수 없는 신위였다.

저런 새파란 청년이 절대경이라는 것만으로도 놀라운 마당.

한데 절대경의 무극의 경지에 이르러야만 발휘할 수 있다는 어검비행을 저리도 아무렇지 않게 펼치다니!

"후일 연이 닿으면 다시 뵙겠습니다."

쏴아아아아아아~

바람을 가르는 엄청난 소리와 함께 순식간에 천잠사 그물 위로 솟구쳐 버린 조휘의 신형!

공천대사가 그 모습을 멍하니 지켜보다 허탈한 얼굴로 불호를 뇌까렸다.

"아미타불…… 강호에 그야말로 신룡(神龍)이 나타났구려."

동감한 듯 범승대사 역시 천천히 고개를 끄덕였다.

"……저 시주의 무위가 흡사 전설 속의 검신(劍神) 같습니다."

아니, 그건 그렇다 치고 뭔가 소림의 중요한 보물을 털린 것만 같은 묘한 기분에 공천대사는 금세 언짢아졌다.

게다가 남궁세가의 이름을 자처하며 방문했음에도 불전함에 은자 한 닢 시주하지 않고 내빼다니?

한 인간으로 인해 이처럼 번뇌를 느낀 적이 있었던가?

이건 마치 오랜 수양이 공염불이 되는 기분이었다.

"허허……."

그렇게 공천대사의 공허한 웃음소리가 불마동에 울려 퍼졌을 때, 어검비행의 바람 소리는 더 이상 들려오지 않았다.

제갈세가는 선조들의 팔문금쇄진(八門禁鎖陳)을 끊임없이 발전시켜, 마침내 강호 역사상 최고의 절진이라 일컬어지는 팔문제혼천기진(八門制魂天奇陳)을 탄생시켰다.

그 엄청난 진법 속에서 팔문을 점검하던 제갈운이 나직이 감탄하고 있었다.

'정말 엄청나! 역시 우리 형님!'

아직 자신의 경지로는 상상도 하지 못할 비술들이 진법 내부에 가득 펼쳐져 있었다.

침입자로 하여금 각종 기환(奇幻)을 일으키는 고절한 환술.

안배한 때가 차면 무한한 변화를 일으키는 그 고명한 술법으로 인해, 진법에 해박한 자신조차도 도저히 생문을 가늠할 수 없을 지경이었다.

착착-

형님이 전해 준 진법도해를 품에서 꺼내 끊임없이 살피고 있는 제갈운.

이 도해가 없다면 자신조차도 이곳에서 까막눈이 될 수밖에 없었다.

그때, 제갈운 주변의 배열목들이 점차 진동하기 시작했다.

딸랑딸랑!

배열목에 달려 있던 방울들이 비명을 지르며 떨어 대기 시작하자 제갈운의 두 눈이 차갑게 빛났다.

'침입자!'

이건 진법 내부로 침입자가 들어왔다는 신호가 틀림없다.

그것도 한두 명이 아닌 집단!

제갈운의 날카로운 시선이 다시 도해를 향한다.

팔문제혼천기진이 무서운 것은 첫 관문에 도착하자마자 도처에서 일어나는 엄청난 환상에 의해 심마를 겪게 되는 것이었다.

제갈운은 거기에 자신의 실력을 더해 환상진을 더욱 강화시킬 요량이었다.

제갈운이 신중한 얼굴로 배열목을 조작하기 시작한 그때, 그의 형인 제갈영의 목소리가 들려왔다.

-그만둬라! 남궁세가의 고수들이다!

"아, 그래요?"

휴 하고 한숨을 내쉬는 제갈운.

잠시 후 제갈영이 진법을 조작했는지 금세 생문이 열렸다.

그런 형님의 빠른 조치에 제갈운은 또 한 번 감탄할 수밖에 없었다.

"기환의 묘(妙)를 이리도 빨리 거둘 수 있다니……!"

형님의 진정한 실력을 경험하는 것은 오늘이 처음.

그제야 제갈운은 소제갈이라는 명성에 빠져 자신이 얼마나 오만에 취해 있었는지 깨닫게 되었다.

'정말 한참 모자라는구나…….'

형님조차 이러할진대 기진사(技陳士)들을 이끌고 있는 각 단주들과 그들보다 더욱 실력이 뛰어나다는 봉황령(鳳皇令)의 술법사들은 도대체 얼마나 더 뛰어난 실력을 지니고 있단 말인가?

저벅저벅.

점점 크게 들려오는 발걸음 소리.

단지 발소리만 들려왔을 뿐인데도 엄정한 규율과 수양이 단숨에 느껴졌다.

이내 제갈운이 그들의 발소리를 따라가 조가대상회의 후원에 다다랐다.

진법의 운무(雲霧)가 걷히자마자 바로 눈에 들어오는 한 사람.

제갈운이 서둘러 정중하게 포권했다.

"가주님을 뵙습니다."

남궁세가주 남궁수가 은은하게 웃으며 제갈운의 예를 받았다.

"허허, 반가우이. 오늘 내 눈이 호강을 하는군. 제갈세가가 자랑하는 천고의 절진 팔문제혼천기진을 보게 될 줄이야."

제갈세가의 기문진법이 없었더라면 강호는 흉적들에게 중원을 내주었을지도 몰랐다.

그만큼 제갈세가의 기문진법이 갖는 강호에서의 위상은 실로 대단한 것이었다.

그때, 어느새 말끔하게 몸을 회복한 남궁장호가 다가오더니 엄정한 예법으로 아버지를 맞이하고 있었다.

"먼 길 오시느라 수고하셨습니다. 아버지."

"허허…… 녀석."

남궁수는 그사이에 더욱 헌앙해진 아들을 보니 기꺼운 마음을 숨길 수가 없었다.

게다가 저 눈빛.

더욱 날카롭게 더욱 혹독하게 빛나고 있는 아들의 두 눈은 분명 성장을 말하고 있음이었다.

허나, 걱정되는 것은 어쩔 수 없는 아비의 마음.

"가문을 벗어나 생활하는 것에 어려움은 없느냐?"

……많죠. 아버지.

제가 여기에서 왜 이 고생을 사서 하는지도 사실 잘 모르겠습니다.

그러다 문득 남궁장호의 두 눈이 한설현과 진가희에게 향한다.

사내로서 여인의 무위에도 밀려 버린 그 처량함은 이루 말할 수는 자괴감이었다.

강호제일의 후기지수를 다투던 남궁장호의 자존감이 그야말로 바닥을 치고 있는 것이다.

하지만 남궁장호는 가문의 벼려진 검수들을 다시 접하니 흐트러진 마음을 한결 다잡을 수 있었다.

제왕은 흔들리는 않는 법.

남궁장호가 가문의 단주들을 향해 엄정하게 포권했다.

"단주님들을 뵙습니다."

남궁장호에게 마주 예를 취하며 칼날 같은 눈빛을 보내는 남궁의 단주들.

그렇게 그들은 굳이 입을 열지 않고 있었지만, 남궁장호는 그 눈빛들 속에서 단숨에 분노를 읽을 수가 있었다.

제왕은 적과의 결전(決戰)을 결코 피하지 않는다.

그제야 남궁장호는 아버지께서 가문의 사활을 걸고 강서로 왔다는 것을 깨달았다.

온몸으로 번지는 긴장감.

일개 가문에 불과한 남궁이 흑천련을 치려는 것이다.

그때 운무를 헤치고 제갈영도 도착했다.

"가주님을 뵙습니다."

"허어…… 어쩐지 진법의 수법이 고명하기가 이를 데 없다 여겼거늘 제갈세가의 내원주께서 나서 주셨구려."

"과찬이십니다. 한데 남궁세가의 병력이 모두 도착한 게 맞습니까? 아직 자세히 확인은 못 했습니다만 또 다른 자들이 진법 속으로 들어온 것 같습니다."

남궁수가 빙그레 웃었다.

"그들은 맹의 천룡전위대이오."

"처, 천룡전위대라고요?"

휘둥그레 눈을 뜨는 제갈운.

천룡전위대라면 무림맹 하남지부의 무력단체.

사파의 권역과 경계를 마주하고 있는 지부답게 천룡전위대의 무력은 최강이라 할 수 있었다.

'작정하셨구나……!'

그야말로 이 정도면 해볼 만했다.

한데 그때.

쏴아아아아아아!

바람을 가르는 엄청난 소리가 들려옴과 동시에 조휘가 등장했다.

물론 여전히 검에 탄 채로.

이어 들려오는 거친 일갈!

"살아 있는 닭과 마늘! 묵은 찹쌀을 가져오세요! 빨리!"

모두가 멍하게 입만 벌리고 있자 다시 조휘가 일갈했다.

"싯팔! 일룡이 살려야 될 거 아닙니까!"

술법의 재료들을 서둘러 동료들에게 말해 주는 긴박한 와중에서도 조휘는 헛웃음이 터져 나오는 것을 참을 수가 없었다.

생닭과 마늘, 그리고 찹쌀.

이건 누가 들어도 대한민국의 삼계탕 재료가 아닌가?

조화회생술(造化回生術)이라는 거창한 술법에 다소 걸맞지 않은 재료들이었지만 그래도 쉽게 구할 수 있다는 점만큼은 마음에 들었다.

그때, 남궁 무사들의 대열 가장 뒤편에서 뾰족한 여인의 음성이 들려왔다.

"흑흑! 일룡 오라버니!"

연신 소매로 눈물을 훔치며 달려오는 여인은 다름 아닌 장일룡 바라기 남궁소소.

세가주 남궁수에게 장일룡의 소식을 전해 듣고 난 후 만사

229

를 제쳐 두고 포양호로 달려온 그녀다.

물론 남궁수는 전장으로 함께 가겠다는 그녀를 수도 없이 말렸지만 장일룡을 향한 그녀의 연심(戀心)은 막을 수 있는 종류가 아니었다.

그렇게 달려간 장일룡의 침상.

엄청난 한기로 인해 몸 전체가 새파랗게 변한 장일룡을 보자마자 그녀는 더욱 대성통곡했다.

"오라버니! 으아아아앙!"

투명한 얼음 사이로 비친 뼈만 앙상한 장일룡의 손을 살피더니 결국 그녀는 스르르 쓰러지고야 말았다.

"아아……!"

깜짝 놀라며 남궁소소를 부축하는 남궁수.

"소소야! 이것아!"

"하…….."

반면 한숨을 내쉬며 고개를 홱 돌려 버리는 남궁장호.

아니, 도대체 왜? 어째서?

저 머리 좋고 어여쁜 자신의 동생이 왜 저런 근육 돼지 새끼를?

넌 남궁제일화라고…….

그때 조휘가 말했던 재료들을 구하기 위해 엄청난 경공으로 사라졌던 한설현이 금방 돌아왔다.

"모두 구해 왔어요!"

양손에 찹쌀 주머니와 마늘 꾸러미, 닭 모가지를 쥔 채 나타난 한설현을 남궁소소가 뚫어지게 쳐다보고 있었다.

"……뭐야 당신?"

경계하는 빛으로 가득한 남궁소소의 얼굴.

천상의 요물처럼 빼어난 한설현의 미모를 접하고도 투기심이 생기지 않는다면 그건 여자가 아닐 것이다.

"시끄럽고 비켜 봐!"

어느새 철검에서 내린 조휘가 한설현이 가져온 재료들을 빼앗듯 낚아채며 속으로 외쳤다.

'부탁드리겠습니다! 어서 제 몸에 들어와 이 청년의 손을 살펴 주시지요!'

천우자에게 술법에 대한 대략적인 설명과 필요한 재료들만 들었을 뿐.

지금의 조휘로서는 술법을 펼칠 법력도 실력도 없는 입장이라 천우자에게 강신(降神)을 부탁할 수밖에 없었다.

-잉? 내가 왜 그래야 되느냐?

한껏 당황해하는 조휘.

'아, 아니 어르신? 이제 와서 그러시면 어떡합니까?'

천우자가 어처구니가 없다는 듯한 말투를 이어갔다.

-본 도가 언제 네 녀석에게 강신(降神)을 약속했느냐? 난 그런 말을 한 적이 없다.

틀린 말은 아니다.

231

그에게서 조화회생술에 대해 자세히 설명을 듣기는 했다.

제물에서 법력을 끌어내는 법, 술법을 구성하는 술식(術式), 주술을 염(念)하는 주문의 구성 등.

하지만 아무리 그래도 그런 엄청난 회생의 술법을 한 번 듣고 펼치는 것이 오히려 더 이상하지 않은가?

조휘로서는 당연히 천우자가 강신해서 도와줄 것이라고 생각했던 것.

-이거 완전 미친놈이 아니더냐? 영체화(靈體化)된 존자더러 생육의 몸에 강신을 부탁하다니? 네놈은 그것이 얼마나 위험한 행동인지 알고는 있느냐?

'제가 듣기로는 영력이 조금씩 낮아진다고…….'

-말 한번 잘했다. 참으로 잘 알고 있구나. 허면 영력이 낮아지면 어떤 일이 일어나는 줄은 알고 있느냐?

'……'

-왜 꿀 먹은 벙어리냐? 네놈이 말했듯이 영력을 소모하면 할수록 영혼의 격(格)이 낮아진다. 영격이 낮아지면? 영혼의 존재 자체가 소멸할 수도 있음이야! 이 말이 한 사람에게 얼마나 가혹한 일인 줄은 알고 있겠지?

조휘도 조상님들에게 어렴풋이 들은 적은 있었다.

영력을 소모하면 결국 영격이 낮아지는 것이라고.

그렇게 구천(九泉)을 넘을 기회도, 윤회의 사슬도 맞이하지 못한 채, 존재 자체가 사라져 버리게 되는 것이다.

천우자를 통해 존자들의 현실적인 사정을 적나라하게 듣게 되니 괜스레 조휘는 눈물이 나올 것만 같았다.

자신을 향한 조가 선조들의 사랑이 얼마나 크고 너른 사랑이었는지 사람인 이상 감복할 수밖에 없는 것이다.

그것도 모르고 고작 각 사업장의 편액에 글귀를 남겨 달라고 그렇게 만상조 어른께 철없이 졸라 댔단 말인가.

물밀듯이 밀려오는 후회와 죄책감.

어쨌든 독고(獨孤)의 존자들은 그런 조가의 선조들과는 달리 자신을 맹목적으로 아끼고 보살펴 줄 이유가 없다는 입장인 모양.

순간 조휘의 눈빛이 차갑게 가라앉았다.

그것이 그들의 입장 정리라면 자신으로서도 냉정해질 수밖에 없다.

"뜻 잘 알겠습니다."

한기가 뚝뚝 묻어 나오는 조휘의 음성에 어떤 불길함을 느꼈는지 천우자의 음성은 조금 불안해진 눈치였다.

-기, 기다려 봐라! 본 도의 요구를 들어준다면 또 말이 달라지는 법! 왜 사람 말을 끝까지 듣지 않는 게야?

'뭔 요구요?'

더없이 냉랭해진 조휘의 말투.

어쨌든 조휘와 영혼을 공유하는 이상 그의 심기를 거스르는 건 존자들의 입장에서도 그리 좋은 판단은 아니었다.

-구천현녀경(九天玄女經)의 진본을 보는 것이 본 도가 끝내 이루지 못한 소원인바…… 혹 그것을 찾아 내게 보여 줄 수 있겠는가?

구천현녀경?

아니 그 책은 존재하는지조차 불투명한, 그야말로 중원의 모든 도사들이 눈에 불을 켜고 찾고 있는 전설의 도경(道經)이 아닌가?

구천현녀라는 존재 자체부터가 이미 신화와 전설 속에 등장하는 신격.

그런 신화의 존재가 직접 남겼다는 구천현녀경을 무슨 수로 찾으라고?

조휘는 더 이상 생각해 볼 것도 없다는 듯 매몰차게 말했다.

'그걸 요구라고 하세요? 어느 정도 들어줄 법해야 약속을 하죠. 지금까지 그 많은 도사들이 눈에 불을 켜고 찾아다녔음에도 발견하지 못한 것을 제가 무슨 수로 찾습니까?'

-본 도가 평생 수집했던 단서가 있다! 그 단서의 정보를 이용한다면 꼭 불가능하지만은 않을 것이야!

그 말에 장일룡을 쳐다보며 갈등하기 시작하는 조휘.

하지만 조가대상회의 앞길이 구만 리다.

조가대상회의 운영을 내팽개치고 오랜 시간 구천현녀경 따위나 찾아 해맬 수는 없는 노릇.

이내 조휘는 협상을 시도해 보았다.

'저는 할 일이 많은 사람입니다. 어르신의 소원을 위해 저더러 평생을 걸어 달라…… 뭐 그 정도 요구는 아니시겠죠?'

-본 도를 양심도 없는 얄팍한 노인네 취급하는 것이냐? 네 놈의 행보에 걸림돌이 되지 않을 정도의 시간만 요구하겠다!

'좋습니다. 협상 타결입니다.'

조휘의 말이 끝나자마자 천우자가 망설임 없이 그의 몸에 강신했다.

화아아아악!

천우자는 조휘의 몸을 이곳저곳 살피며 감격하는 얼굴을 하고 있었다.

전신에 도는 활력.

오감으로 전해 오는 수많은 감각들.

인간의 몸을 겪는 것이 도대체 얼마 만인가!

그렇게 감동하던 천우자가 갑자기 묵은 찹쌀을 바닥에 쏟았다.

촤아아악-

이어 쪼그려 앉은 천우자가 오른손의 검지와 중지를 모아 이마에 갖다 대고 중얼중얼 법문을 외기 시작했다.

급급여율령(急急如律令).

여와태호상천(女媧太昊上天).

천래여시존후(天來如是尊候).

능도공무량심(能道空無量心).

……．

……．

그렇게 일각 정도 법문의 구결을 외웠을까.

갑자기 묵은 찹쌀이 서서히 바닥에서 진동하기 시작하더
니 이내 흩어져 괴이한 문양의 술식으로 변화해 갔다.

그때.

우우우우웅―

진동이 잦아들며 술식의 문양이 완성되자 문양에서 눈부
신 빛살이 일어났다.

그야말로 엄청난 광휘!

이를 지켜보던 조휘 일행과 남궁세가의 검수들이 하나같
이 입을 쩍 하고 벌렸다.

도사의 법술(法術)이란 것은 강호의 전설이었다.

무당과 화산의 역대 도사들 중에서도 법술을 구사했던 자
들은 극소수.

더욱이 그들의 대부분은 끝내 신선에 이른 자들이었다.

법술은 무공과는 달리 노력으로 닿을 수 있는 수법이 아니
었다.

전설에 따르면, 한 인간의 도력과 공덕에 감동한 도교의 신
들이 은총처럼 내려 주는 법력 없이는 결코 발을 들여놓을 수

없는 세계라 한다.

그렇게 오직 선택받은 도사만이 발휘할 수 있다는 전설의 법술이 지금 눈앞에 펼쳐지고 있는 것이다.

남궁장호는 그런 조휘를 미친놈 보듯 쳐다보고 있었다.

합비와 강서를 먹어 치운 대상인.

이따금씩 드러내는 예인의 면모.

수많은 학사들을 물리친 사상가요 고명한 필법가.

하물며 무공까지 절대경을 이룩한 미친 인간이다.

이젠 하다 하다 못해 도사의 법술까지?

도대체 저놈은 인간이 맞긴 한 걸까?

그때 천우자가 마늘을 움켜쥔 채 괴이한 수결을 허공에 그리더니 곧 생닭을 술식 위에 놓았다.

그러자 생닭이 순식간에 기화되며 검붉은 구(球)의 형태로 뭉게뭉게 뭉치고 있었다.

"아아!"

"오오! 세상에!"

법술에 의해 순식간에 생닭이 기화하는 장면을 지켜본 사람들이 한결같이 감탄을 거듭하고 있었다.

순간 천우자의 시선이 장일룡을 향했다.

그가 또다시 예의 수결을 맺자 강력한 법력에 의해 일어난 불길이 장일룡의 두 손을 향해 날아들었다.

화르르르르!

얼음이 모두 녹아 뼈만 앙상하게 남은 장일룡의 두 손.

이윽고 법력에 의해 기화된 생닭, 그 생명의 법력이 거친 파공성을 일으키며 그대로 장일룡의 손을 향해 날아들었다.

"저럴 수가! 살이! 새살이!"

"……세상에!"

기경할 일이 벌어졌다.

생명의 법력 구름이 점점 잦아들자 뼈만 앙상했던 장일룡의 두 손에 살이 차오르고 있었던 것.

마침내 장일룡의 두 손은 아기 피부처럼 맑고 깨끗한 피부로 완벽히 재탄생되었다.

마치 그것은 섬섬옥수(纖纖玉手)!

남궁소소가 눈물을 뿌리며 기뻐하고 있었다.

"……아아! 일룡 오라버니!"

반면 진가희는 초승달처럼 변한 눈으로 입을 손으로 감싸며 웃고 있었다.

"호호!"

저 광활한 등판, 저 우락부락한 사내에게 여인의 손처럼 깨끗한 섬섬옥수라니!

엄청난 한기로 인한 고통이 사라지자 그제야 장일룡이 말할 기운이 생긴 듯 몸을 일으켰다.

"크으으으…… 진짜 뒈지는 줄 알았수. 엇?"

깜짝 놀라며 휘둥그레 뜬 눈으로 자신의 두 손을 바라보고 있는 장일룡.

강신의 후유증으로 인해 잠시 비틀거리던 조휘가 이내 정신을 차리며 환하게 웃고 있었다.

"하하하하!"

"크헛헛헛헛!"

서로 마주 보며 호탕하게 웃고 있는 조휘와 장일룡.

갑자기 장일룡이 조휘를 향해 넙죽 엎드렸다.

"고맙수 형님……!"

뜨거운 눈물이 절로 치밀어 연신 소매로 얼굴을 닦고 있는 장일룡.

권사에게 있어서 손을 잃는다는 것은 하늘이 무너지는 일이었다.

늘 호탕한 척했지만 사실 가장 심적 고통이 심했던 사람은 바로 장일룡 그 자신이었다.

그때, 눈앞에서 벌어진 기사를 도저히 믿을 수 없다는 듯 경악한 얼굴로 남궁수가 다가오고 있었다.

"조 봉공. 도대체 선도(仙道)의 법술은 또 언제 익혔단 말인가?"

절대경의 초입에 이르렀던 무인이 채 일 년도 지나지 않아 무극에 이르러 어검비행을 하고 다니더니.

이제는 법술을 익히고 와서 사람의 손을 되살리기까지 한다.

그를 경험하면 할수록 자신이 무슨 바보가 되어 가는 느낌이 든다.

대답 대신 그저 빙그레 웃으며 서 있는 조휘.

조휘가 질서정연하게 도열해 있는 남궁무사들을 바라본다.

그러다 어느덧 제갈영과 함께 운무를 헤치고 장내에 들어서는 천룡전위대를 향해 시선을 옮긴다.

뒤늦게 도착한 남궁성찬 어르신도 그의 눈에 들어온다.

세 명의 절대지경 무인.

남궁세가의 절대 무력대 세 개.

무림맹 하남지부의 천룡전위대.

그리고 무엇보다 소중한 자신의 동료들.

남궁장호, 제갈운, 장일룡, 한설현, 염상록, 진가……희는 전력 외로 하는 걸로.

그렇게 강한 자신감으로 불타오르는 조휘의 두 눈이 다시 남궁수를 향했다.

"이제 슬슬 출발합시다. 흑천련 새끼들 다 쳐 죽이러."

남궁수가 기다란 미염을 쓰다듬으며 엄정하게 얼굴을 굳혔다.

"그래야지. 나 역시 그들에게 동천제왕가라 불리는 남궁이 어떤 가문인지를 혹독하게 경험시켜 줄 작정이네."

장일룡도 섬섬옥수(?)를 거칠게 말아 쥐었다.

"흥! 그 채찍 새끼는 내 꺼유!"

커다란 덩치로 굳세게 얼굴을 구기고 있었지만 왠지 그 고운 두 손 때문에 안쓰러워 보이는 장일룡이었다.

◆ ◈ ◆

강호인들은 장사치들을 은연중에 깔보는 경향이 있었다.

남궁세가만 해도 손님을 맞이할 때 금은동홍청의 배첩으로 구분을 두었는데, 상인들은 보통 가장 낮은 홍청(洪淸)의 배첩을 받을 수밖에 없었다.

하지만 오늘 창천검협 남궁수는 그런 자신의 가치관이 얼마나 잘못된 것인지 뼈저리게 깨달아야만 했다.

강호의 초거대 상회로 변모한 조가대상회의 실력과 위력을 직접 경험해 보니 차원이 다른 세상이었던 것.

가주 직속의 제왕단(帝王團), 내원을 대표하는 창룡단(蒼龍團)과 휘룡단(輝龍團) 등 현재 포양호에 출정한 남궁세가의 검수들을 모두 합치면 그 수가 자그마치 삼백이다.

한데 조휘는 그 모든 검수들에게 그 비싸디 비싼 용린갑을 모조리 지급해 주었다.

용린갑이 어떤 갑옷인가?

강철을 더욱 정련하고 정련하면 겨우 한 줌의 정강(精鋼)을 얻을 수 있는데, 그런 정강에 고가의 귀갑을 입혀 더욱 내구성을 높인 것이 바로 그 이름 높은 용린(龍鱗)이었다.

용의 비늘이라는 별칭답게 용린은 엄청난 강도와 내구성

을 자랑했는데, 당연히 이를 제련할 수 있는 장인들은 극소수
일 수밖에 없었다.

하지만 안휘철방의 기산각은 다년간의 시행착오 끝에 마
침내 그런 용린을 대량 생산하기에 이르렀던 것.

사실 조휘는 용린갑을 충분히 더 생산할 수 있었다.

허나 더 큰 이익을 얻기 위해 중원 대륙에 난(亂)이 일어날
때까지 매일매일 소량 생산하여 재고로 비축하고 있던 상황
이었다.

그런데 뜻밖에도 오늘에서야 그 쓰임새가 생겨 버린 것이다.

번쩍번쩍!

질서정연하게 도열해 있는 남궁의 검수들!

그들의 온몸에서 휘황찬란한 용린의 광휘가 번쩍이고 있
었다.

한데 그런 용린갑으로도 끝이 아니었다.

그 비싼 철호완(鐵護腕)과 우갑각반(牛鉀脚絆)이 모든 남
궁검수들의 팔뚝과 정강이를 보호하고 있었고.

그들의 요대에도 질 좋은 건량과 각종 보조 무기, 금창약을
포함한 상비약들, 신호탄, 연막탄, 검날을 정비할 소형 연마
틀 등.

이건 뭐 무림세가의 무인들이라기보단 마치 제국의 군대
같지 않은가?

그야말로 엄청난 돈지랄!

질 좋은 장비와 보급품들은 언제나 전투 집단의 사기를 드높이는 법.

남궁세가의 검수들 모두가 기분 좋은 감정을 감추지 못하고 입술을 씰룩이고 있었다.

반면 그런 그들과 함께 출정했던 천룡전위대의 무사들은 하나같이 의기소침해진 눈치였었다.

조휘가 질 좋은 갑주와 보급품들을 남궁세가에게만 지급했기 때문.

그런 조휘의 차별적인 행동을 남궁수가 엄정하게 꾸짖으려 들었지만, 곧이어 들려온 조휘의 얼음장 같은 대답에 남궁수는 합죽이가 될 수밖에 없었다.

-거참. 아직도 제 뜻을 모르시겠습니까? 남궁세가의 무사가 되면 저런 질 좋은 무구들과 보급을 받을 수 있다는 소문이 강호에 돌아 봐요. 이름 높은 고수들이 어디로 모이겠습니까?

강호인들의 목숨이란 칼날 위에서 재주를 부리는 곡예사처럼 늘 위태로운 법.

그런 그들에게 조금이라도 생존을 보장해 줄 수 있는 값비싼 무구들은 가뭄에 단비처럼 소중할 터였다.

-천룡전위대가 소문을 아주 잘 내 줄 겁니다. 저만 믿고 따

라오세요.

　흑천련과 결전을 벌이는 이 긴박한 와중에서도 보급에 차등을 두어 남궁세가의 명성을 높이기 위한 수단으로 삼아 버리는 것.

　그런 조휘의 치밀함에 남궁수는 도무지 기가 차서 말도 나오지가 않았다.

　척척척!

　어느덧 남궁수의 시야에 흑천련 제일지부 대곳간의 전경이 들어왔다.

　대곳간을 수비하고 있는 흑천련의 고수들의 수는 대략 이천.

　총단을 제외한다면 이곳 제일지부는 흑천련으로서 가장 심혈을 기울여 방비하는 곳이었다.

　반면 아군 측은 남궁세가의 이백여 검수들과 천룡전위대 삼백.

　수(數)에서는 사분지 일로 밀렸지만 무인들의 질 자체가 다르다.

　그렇게 남궁수가 대열을 넓게 펼쳐 대곳간의 앞마당을 포위한 채로 창천검을 치켜들었다.

　"대(大) 남궁(南宮)!"

　척!

　선두의 창천검수들, 그들의 검이 일제히 전방을 향했다.

남궁수의 창천검에서 새파란 검강이 치솟은 그 순간!

"가주령의 이름으로 개전(開戰)을 명한다!"

쿠구구구구구!

대곳간을 향해 질풍처럼 짓쳐 드는 남궁검수들!

엄청난 내공이 실린 남궁수의 일갈이 또다시 대곳간을 휘감았다.

-모두 죽이되 죽지는 마라!

동천제왕가의 푸른 물결이 그대로 대곳간을 집어삼키자.

그에 질세라 천룡전위대도 거칠게 포효하며 전장에 합류하고 있었다.

와아아아아아!

촤라라라락!

봉황금선을 펼치며 우아하게 미소 짓고 있는 제갈운.

드디어 전략의 신기제갈, 천하의 두뇌 집단에서 나고 자란 자신의 진가를 발휘할 때였다.

흑천련 총단을 감싸며 전열을 정비하던 남궁성찬이 진중한 목소리로 제갈운을 불러 세웠다.

"소제갈…… 허허! 아니 군사(軍師)님이라 불러야 하나? 어쨌든 자네가 시킨 대로 대열을 정비했네."

대곳간과는 달리 이곳의 병력은 천룡전위대가 주축.

천룡전위대가 선봉에 서 있었고 창룡단이 그 뒤를 받치고 있었다.

"감사합니다."

정중히 포권하던 제갈운이 품에서 지도를 꺼냈다.

그것은 흑천련 총단 주변의 지형도.

그렇게 제갈운이 진중한 얼굴로 지도를 살피기 시작하자, 남궁성찬과 남궁장호, 제갈영과 장일룡, 염상록 등이 모두 지도 주변으로 모여들었다.

"적의 수는 팔천(八千)에 이르나 우리 진영은 수백에 불과해요. 고수의 질은 확실히 저희 쪽이 우세하다고 해도, 전면전이 일어날 시 적지 않은 피해가 예상됩니다."

제갈운이 흑천련 총단의 왼편 산등성이를 손으로 가리켰다.

"일단 저와 형님이 이곳에 진법을 설치하겠어요. 동료 중에 전투 불능자가 생기면 바로 수습하여 이 진법에 뛰어드세요. 최소 두 시진은 버티며 구급할 수 있을 거예요. 사상자를 최대한 줄이는 것이 이번 전투의 관건입니다."

천룡전위대주와 창룡단주, 그리고 선두를 맞고 있는 창천 검수들이 일제히 고개를 끄덕였다.

"알겠소."

"그리하리다."

이어 제갈운이 흑천련 총단의 서쪽 방향, 계곡을 끼고 이어져 있는 성벽을 가리켰다.

"최소 절정 이상의 무위를 지닌 무인들만 추려 내어 이곳으로 침투하는 것이 가장 효과적일 듯합니다. 동선상, 이곳만 뚫어 낼 수 있다면 내원으로 향하는 최단 진입로를 확보하는 것이나 다름없습니다. 단숨에 적의 심장부로 들어가 혼란을 유발시킬 수 있어요."

창룡단주가 고개를 끄덕였다.

"본 단의 검수들로 준비하겠소."

천룡전위대주의 이마가 꿈틀거렸다.

"선봉은 우리가 맞기로 한 것 같은데."

"고수의 수는 우리 쪽이 더 많은 것 같소만."

가주 직속의 제왕단을 제외한다면, 남궁세가의 자랑이라 할 수 있는 창천검수를 가장 많이 보유한 곳이 창룡단이었다.

곧바로 제갈운이 혼란을 잠재웠다.

"천룡전위대는 집단전을 준비해 주시고 선봉은 남궁세가가 맡아 주시죠. 절대경의 창천담로원주님께서 나서 주신 이상 남궁세가가 선봉을 맞는 것이 이상적입니다."

절대경은 전장의 상식을 부수는 경지.

남궁성찬이 선봉으로 나서 준다면 팔왕이나 흑천대살이 나서지 않는 이상 침입로를 확보한 것이나 다름없었다.

"음…… 알겠소이다."

제갈운이 절대경을 언급한 이상 천룡전위대주는 한발 물러날 수밖에 없었다.

하지만 무림맹 오대무력대에 속한 천룡전위대가 자꾸만 찬밥 신세가 되어 가자 천룡전위대주의 심기는 점점 불편해졌다.

"에취!"

갑작스럽게 장일룡이 기침하자 모두의 시선이 그에게로 몰렸다.

남궁장호가 인상을 찌푸리며 입을 열었다.

"그러게 좀 더 쉬라니까."

제법 긴 시간 동안 빙백신장에 노출되어 있던 터라 아직도 장일룡은 후유증으로 냉증을 앓고 있었다.

장일룡이 섬섬옥수(?)로 콧물을 닦다가 이를 뿌득 갈았다.

"홀쩍…… 그게 무슨 소리요! 조가대상회의 사활이 걸린 일에 이 장 부장이 빠질 수는 없지! 킁킁, 그런데 이게 무슨 냄새요?"

갑자기 손으로 콧물을 훔치다가 고개를 갸웃거리는 장일룡.

"안 그래도 배고파 죽겠는데 자꾸만 어디서 구운 닭 냄새가 나는 거요? 기분 탓인가."

"큽!"

치밀어 오른 웃음을 겨우 삼키며 남궁장호가 벌게진 얼굴로 입을 열었다.

"갑자기 뭔 신소리냐? 회의에 집중해라."

사실 한음빙기와 싸우다 혼절해 있었던 장일룡은 조화회 생술의 과정을 제대로 지켜보지 못했던 것.

남궁장호는 그의 새뽀얀 손이 생닭으로 만들어진 것이라고는 차마 이야기할 수가 없었다.

그때 허공에서 바람을 가르는 소리가 들려왔다.

촤아아아아아~

남궁검수들과 천룡전위대의 무사들이 일제히 고개를 들어 허공을 살피자.

탓.

곧바로 철검에서 뛰어내린 조휘가 한 아름 들고 온 무언가를 우르르 바닥에 떨구고 있었다.

호기심 가득한 얼굴로 조휘에게 다가가는 장일룡.

"형님, 이건 또 뭐요?"

조휘가 씨익 웃었다.

"암사총통(暗蛇銃桶)이야."

그의 한마디에 장내가 왈칵 뒤집어졌다.

"이, 이게 그 암사총통이라고요?"

"다, 당가의 암기?"

아니, 그 짧은 시간 만에 사천에 다녀왔단 말인가?

무엇보다 암사총통은 당가 그 자체를 상징하는 천고의 암기 아닌가?

저 암기는 평범한 자가 들고 있다 하더라도 절정의 고수를 압도한다고 전해졌다.

그만큼 암사총통의 명성은 강호에 자자했다.

"후후, 당가불망은원! 아무튼 그런 게 있습니다. 이거 제가 한번 다뤄 보니 반동이 엄청나던데 창천검수들 위주로 보급하세요."

아니 또 남궁세가만 준다고?

천룡전위대주가 거칠게 미간을 구기며 조휘에게로 다가갔다.

"거 너무한 거 아니오! 모든 보급을 죄다 남궁세가에 몰아줘 버리면 우리 쪽 사기는 도대체 어쩌란 말이오!"

조휘가 귀를 파다 손가락을 후 불었다.

"거 맹은 맹이 알아서 하시고."

조휘가 의념을 일으키자 철검이 두둥실 허공에 떠올랐다.

탓!

가볍게 철검 위에 오른 조휘가 흑천련 총단 쪽을 바라보며 다시 무심한 표정으로 입을 열었다.

"어차피 당신들은 잔당을 소탕하는 데 그칠 텐데 뭘 그리 호들갑 떠십니까. 사부님! 남궁 형님! 장 부장! 한설현 과장!"

남궁성찬과 동료들이 일제히 자신을 쳐다보자 조휘가 흑천련 총단의 정문을 손으로 가리켰다.

"암사총통으로 무장한 무인들을 선봉에 배치하고 난 후 전원 정문에서 대기 타세요!"

남궁성찬이 황망한 얼굴로 되물었다.

"조 봉공, 그게 무슨 말인가? 정문에서 대기를 타라니?"

"입구를 막으라는 뜻입니다! 입막! 모르세요?"

장일룡도 황당한 건 마찬가지.

"아니 형님, 알아듣기 쉽게 얘기 좀 해 주슈. 입구를 막고
난 후에 뭐 어쩌란 말이유?"

"아무도 다치게 하고 싶지 않다고 이 새끼야! 그냥 입구만
막고 있어!"

쏴아아아아아-

순식간에 흑천련 총단의 상공 쪽으로 날아간 조휘가 곧바
로 허리에 차고 있던 철검을 빼어 든다.

미리 준비해 둔 또 한 자루의 조가철검.

부우우우우웅-

곧 조휘의 주변에서 엄청난 기세로 일어난 거대한 의형강
기, 천룡의 발톱!

한데 그가 과거에 펼쳤던 창궁용조검절과는 결이 달랐다.

수도 없이 수를 불리기 시작하며 하늘을 까맣게 메워 가는
천룡의 발톱들!

그 모습을 멀리서 지켜보던 남궁성찬이 경악하며 입을 벌
리고 있었다.

어두컴컴해진 하늘.

불길한 전조, 그 폭풍전야처럼 고요함 속에서 벽력성과 같

은 조휘의 음성이 들려왔다.

-죽어라!

그것은 마치 신이 인간들의 세상에 내리는 재해(災害).

이어 인간의 귀로는 도저히 견딜 수 없는 강력한 굉음이 천지를 진동했다.

콰콰콰콰콰콰콰쾅!

창궁용조검절 한 방에 흑천련 총단의 오분지 일이 형체도 없이 분쇄되는 어처구니가 없는 광경!

물론 그것이 끝이 아니었다.

재해를 피해 미친 듯이 사방으로 도망치고 있는 흑천련 무사들 사이로 수백 개의 점(點)들이 번지기 시작했다.

"저, 저게 뭐야!"

"사, 살려 줘! 크아아악!"

갑자기 시커먼 점이 수도 없이 생겨나며 주변의 동료들이 산 채로 빨려 들어가 핏물로 후드득 떨어지는 그 장면은 차라리 기괴할 지경이었다.

한결같이 공포로 물든 흑천련 무사들의 눈빛이 모두 정문을 향했다.

이 미친 지옥을 빠져나가기 위해 미친 듯이 달려가는 흑천련 무사들!

정문을 지키고 있던 남궁세가의 검수들이 일제히 암사총
통을 발사했다.

퓨슉퓨슉!

"끄아아아아!"

"커어억!"

그제야 조휘가 말한 '입막'을 이해한 장일룡이 섬섬옥수를
움켜쥐었다.

"크하하하하! 거 시팔 겁나게 통쾌하구만!"

그런 조휘의 신위를 멍한 얼굴로 바라보고 있던 제갈운이
지도를 쫙악쫙악 찢으며 이를 꽈득 깨물었다.

"싯팔……."

강호에 출도한 후 처음으로 그의 입에서 욕설이 나오는 순
간이었다.

◆ ◈ ◆

흑천련 총단 대전 내부.

콰콰콰콰콰쾅!

으아아아악!

창밖으로부터 연신 엄청난 굉음과 수하들의 비명 소리가
들려온다.

하지만 흑천대살과 살아남은 팔왕들은 움직일 생각조차

하지 못하고 있었다.

"으음……."

흑천대살이 고통 섞인 신음성을 내뱉으며 자신의 손을 응시하고 있었다.

반쯤 날아가 버린 손.

신호탄을 쥐고 있던 자신의 손이 순식간에 허공의 점으로 빨려 들어갔던 것이 엊그제 같다.

그때의 공포가 또다시 밀려와 가슴을 짓누르고 있는 것이다.

살아남은 팔왕들도 마찬가지.

팔왕의 수좌라는 검패왕이 검 한 번 뽑아 보지 못한 채 공간으로 빨려 들어가 핏물로 후드득 떨어지는 장면을 모두가 목격했다.

더구나 갈비뼈가 모조리 뜯겨 버린 귀면왕 역시 아직 생사를 장담할 수 없었고, 두 다리를 잃은 약왕도 그때의 공포 때문에 정신 분열을 겪고 있었다.

거기에 외팔이가 된 철권왕과 독문무기까지 버리며 전력으로 도망쳐 온 마겸왕.

심지어 그 자리에 없었던 독편살왕조차 한설현의 절대빙공과 장일룡의 육탄권법에 의해 낭패를 입어 수개월의 정양을 진단받은 상태.

이렇듯 흑천팔왕은 사실상 해체된 것이나 마찬가지였다.

련주와 팔왕들의 그런 무기력한 모습에 부련주 팔황검노

추영백이 답답하다는 듯 가슴을 탕탕 쳤다.

"이대로 수하들이 모두 죽는 것을 지켜보고만 있을 참이오!"

천살들이 아무리 고군분투한다고 해도 저 무림맹과 조가 대상회의 절대경을 막을 수는 없다.

련주와 팔왕들이 나서 주지 않는다면 흑천련은 끝장인 것이다.

그때 총사 서유가 냉정한 눈을 빛내며 흑천대살 앞에 부복했다.

"주군."

흑천대살이 자신을 향해 머리를 찍으며 오체투지하고 있는 총사 서유를 물끄러미 응시했다.

"……고하라."

총사 서유가 고개를 들며 이를 물었다.

"세 가지 방법이 있습니다. 련주님."

"……방법?"

인상을 찌푸리는 흑천대살.

무림맹의 천룡전위대가 입구를 막고 있고, 무극(無極)에 이른 절대경의 고수가 날뛰는 이 판국에 무슨 방법이 있을 수 있단 말인가?

"첫 번째는 병력의 수적 우위를 이용해 후일을 도모하는 것입니다. 수하들에게 총공격을 명하시고 그 틈을 타 련주님 이하 지휘부가 빠져나가는 방법입니다. 절강에서 와신상담

하며 때를 기다리는 것이지요."

그런 총사 서유의 말이 끝나자마자 흑천대살의 얼굴이 악귀처럼 일그러졌다.

지금 이 흑천대살더러 부하를 버리고 도망이나 치란 말인가?

그것은 삼패천과 사패황(四覇皇)의 이름을 땅에 처박는 행동이었다.

그렇게 목숨을 구걸해 절강으로 빠져나가 본들 처참히 무너진 흑천련의 명성 아래 어떤 사파인들이 모이겠는가?

"둘째, 후일을 생각하지 않는 배수진의 대혈전을 벌이는 겁니다. 련주님과 팔왕님들은 물론 위살, 인살, 귀살, 흑살, 천살 등 모든 위계의 수하들을 동원해야 하며 련주부와 원로원의 노선배님들까지 나서 주셔야 합니다. 거기에……."

긴장한 듯 침을 삼키는 총사 서유.

"병기고의 모든 천화대포(天火大砲)를 활용하면 금상첨화일 것입니다."

"뭐라!"

깜짝 놀라는 흑천대살!

이 정신 나간 인사가 지금 뭐라고 지껄이는 건가?

황실 외척 황의현의 대포를 쓰자는 말은 흑천련의 멸문을 각오하자는 뜻에 다름이 아니었다.

"다시 말씀드리지만 두 번째 방법은 후일을 생각지 않는 공전절후(空前絶後:전에도 없었고 앞으로도 없는)의 혈투를 각오하자는 뜻입니다."

총사 서유가 런주에게 종용하고 있는 것은 사즉필생의 각오.

어차피 다 죽어 뒈질 바에야 신명나게 놀아나 보고 뒈지자는 소리다.

"세 번째 방법은 뭔가?"

런주의 질문에 총사 서유의 두 눈이 슬프게 변했다.

"세 번째는 완전한 항복입니다. 최악의 방법이지만 수하들을 모두 살릴 수 있지요."

"음……."

사실, 흑천대살도 항복을 생각해 보지 않은 것은 아니었다.

팔천여 명의 수하들, 그 목숨들을 지킬 수 있는 유일한 방법이었기 때문.

하지만 망설여지는 것은, 조가대상회의 회장 조휘라는 인간의 성향 때문이었다.

상상도 할 수 없을 정도로 냉철하고 치밀한 수완을 지닌 자.

그런 자였기에 흑천련을 향해 전리품으로 무엇을 요구할지 가늠조차 할 수 없었던 것.

콰콰콰콰콰쾅!

으아아아아악!

창밖으로부터 또다시 들려오는 굉음과 수하들의 비명 소리.

자신의 갈등하는 시간이 길어지면 길어질수록 수하들은 더욱 죽어 나간다.

그때 철권왕의 음성이 들려왔다.

"두 번째 방법으로 합시다! 몸이 찢겨 뒈질지언정 도망이나 항복은 싫소!"

"옳소! 다 쳐 죽입시다!"

"항복은 말도 안 되는 소리!"

몇몇 원로와 간부들이 철권왕의 뜻에 동조하자 천살들도 호응하듯 부복했다.

"충! 련주님의 명을 기다립니다!"

"충! 련주님 결정을 내려 주십시오!"

활화산처럼 타오르는 눈빛을 보내오는 수하들!

그렇게 대전의 대세는 이미 기울어져 있었다.

흑천대살이 이를 뿌득 깨물며 총사 서유를 다시 응시했다.

"승산은 있겠소?"

서유가 확신에 찬 표정으로 고개를 끄덕였다.

"병기고의 천화대포를 꺼내 쏜다면 십중팔구 저희 쪽에 승산이 있습니다."

대포(大砲)는 전쟁의 양상과 판도를 바꾼 검증된 신무기.

게다가 황실 외척 황의현이 고명한 화포 기술자들을 초빙하여 특수한 공법을 추가해 만든 것이 천화대포였다.

그 엄청난 사거리와 살상력은 아직 중원에 한 번도 드러나지 않은 종류!

마침내 흑천련주 흑천대살이 결정을 내렸다.

"천화대포의 포열을 달구라!"

"존명!"

총사 서유가 빠르게 대전을 빠져나가자 팔황검노와 독심파파, 육지노가 노성을 내질렀다.

"클클클! 이 늙은이들이 실력을 발휘할 때가 왔군!"

"련주! 원로원의 노고수들을 소집하여 곧 전장으로 합류하겠소!"

천살들을 대표하는 대흑랑 염천귀와 탈명수라 파진사도 흑천대살에게 다가가 부복했다.

척!

"흑풍천랑대(黑風天狼隊)! 련주님의 명을 기다립니다!"

"특살귀령대(特殺鬼靈隊)! 련주님의 명을 기다립니다!"

흑천대살이 애조 흑응을 어깨 위로 올리며 짓씹듯 명령했다.

"흑풍천랑대, 병기고를 호위한다. 특살귀령대, 본 좌를 따르라."

련주가 대전 밖으로 향하자 철권왕과 마겸왕, 독편살왕이 그 뒤를 따라나섰다.

36章.

　조휘가 흑천련 총단의 하늘을 어검비행으로 누비며 무차별적으로 강기 세례를 퍼붓고 있을 때.

　저 아래 내원의 중심에서부터 시커먼 장포를 걸친 흑천련의 고수들이 질풍처럼 전장에 합류하는 것을 발견할 수 있었다.

　"흑천련주? 마겸왕?"

　조휘가 안력을 돋워 살펴보니 선두에서 맹렬히 경공을 펼쳐 오는 자들은 분명 흑천련의 수뇌들이었다.

　련주와 수뇌를 따르는 고수들이라면 틀림없이 정예 중에 정예.

　더구나 그 수 역시 이천(二千)은 가볍게 넘어 보였다.

수가 너무 많았다.

자신의 의형강기와 공공력이 아무리 천하의 절초라고 하나 저들 모두를 무력화시킬 수는 없었다.

저들의 사분지 일만이라도 정문 밖을 빠져나가 버린다면 남궁의 검수들과 동료들이 위험에 빠진다.

"쳇!"

조휘가 곧바로 지상을 향해 어검비행을 시전했다.

이어 그의 전면에 거대한 푸른 강기가 서린다.

그 푸르른 기운이 점점 밝게 빛나더니 곧 엄청난 빛무리로 화해 적을 향해 폭사되었다.

창궁무애검(蒼穹無涯劍).

후삼식(後三式).

창궁무진천하(蒼穹武震天下).

남궁세가의 절초 중에서 가장 강력한 광역 절초이자 가공할 압력을 자랑하는 중검(重劍)의 묘!

한데 그 위력이 남궁성찬이 알고 있는 그런 위력이 아니었다.

멀리서 그 광경을 지켜보던 남궁성찬의 얼굴은 그야말로 경악.

세상에!

하늘을 뒤엎어 버리는 검력이라니!

하지만 흑천련은 조휘의 검공을 가장 많이 겪은 집단이었다.

순간 화경의 무위 이상인 자들만 조휘의 검력을 상대하기 위해 허공으로 솟구쳤고 나머지 고수들은 모두 사방으로 산개한다.

쩌저저저적!

흑천대살이 뾰족한 회색빛 강기를 일으켜 조휘의 푸른 검력을 직선으로 찢어 내자.

그 틈을 탄 화경의 고수들도 일제히 강기를 일으켜 분산된 조휘의 검력을 와해시킨다.

푸른 강기의 빛과 어울리는 수십 줄기의 강기 다발들!

그 장면은 가히 일대 장관이었다.

콰콰쾅!

콰콰콰쾅!

거센 폭음이 사방에서 쏟아져 나왔다.

순식간에 기운을 잃어버린 창궁무진천하!

화경의 고수들 중 몇몇만 부상을 입었을 뿐 조휘의 절대검력을 기어이 막아 낸 것이다.

화경의 고수 다섯이면 절대경을 상대할 수 있다는 것이 강호의 격언!

과연 한 명의 절대경과 수십 명의 화경이 모이자 조휘의 검세를 끝내 막아 내 버린 것이다.

그때 저 멀리서 엄청난 폭음이 천지를 진동했다.

퍼퍼퍼펑!

시뻘겋게 달궈진 천화대포들의 포열에서 수백 발의 포탄

이 동시에 튀어나온 것이다.

하늘을 수놓고 있는 수백 발의 포탄이 이내 포물선을 그리며 비처럼 쏟아지려 하고 있었다.

경악한 얼굴로 포탄들의 궤적을 살피던 조휘는 내심 가슴이 철렁 주저앉았다.

천하공공도를 아무리 많이 난사해 본들 저 많은 수의 포탄을 모두 빨아들일 수는 없다.

게다가 무한에 이르는 내공을 지닌 자신이었지만 의형검강의 묘용이 담긴 수십 번의 절초와 그와 짝을 이루는 천하공공도를 남발한 상태라 제법 탈력감을 느끼고 있는 상황!

맹렬히 두뇌를 회전하던 조휘가 이내 최적의 판단을 내렸다.

천하절대검벽(天下絶大劒壁)!

단 일 검으로 당가의 만천화우를 막아 낸 검신 어른의 검초, 천검류 최강의 방어 초식이 흑천련의 상공에 현신한 것이다.

곧 흑천련의 상공에서 한 자루의 의형검이 생겨나 한 개에서 두 개로, 두 개에서 네 개로 끝없이 분화해 갔다.

촤라라라라락!

마침내 생겨난 거대한 검림(劒林)!

콰콰쾅!

콰콰콰쾅!

검벽에 부딪치고 있는 엄청난 수의 포탄들!

가히 일대의 장관, 그 기상천외한 광경에 흑천련의 고수들 모두가 어처구니가 없다는 듯 쩍 하고 입을 벌리고 있었다.

하지만 모든 포탄의 궤적을 막을 수는 없었다.

의형검이 분화하기 전에 빠져나갔거나 검림의 바깥을 스치며 나아간 포탄들이 흑천련의 정문 밖을 향해 모조리 쏟아져 내린 것이다.

이내 수십 발의 포탄들이 천룡전위대와 남궁세가의 대열을 휩쓸어 버렸다.

콰콰콰쾅!

이어 들려온 참혹한 비명 소리들!

-으아아악!

-크아아아악!

새하얀 연기와 함께 곳곳에서 드러나기 시작한 포탄흔!

포탄과 함께 폭사되어 시커멓게 변한 채 정신을 잃고 쓰러져 있는 남궁 무사들!

그런 조휘의 시야에 이윽고 한설현까지 들어온다.

아직도 희뿌연 서리가 일렁이고 있는 그녀의 두 손.

그녀가 빙백신장을 일으켜 포탄을 막다가 온몸의 의복이 찢긴 채 쓰러져 있었다.

그녀의 온몸에 낭자한 피.

내면에서 일어난 이유 모를 분노가 순식간에 그의 몸을 지배한다.

툭—

이성의 필라멘트가 뚝 하고 끊겨 버리는 듯한 기이한 느낌
과 함께 그의 두 눈에서 분노의 광망이 활화산처럼 타올랐다.

화르르르르르!

조휘의 무혼, 그의 절대를 상징하는 색은 새하얀 백색이었
던바.

그런 그의 무혼이 갑자기 자줏빛 겁화(劫火)로 변하자 흑
천대살의 얼굴이 푸르죽죽하게 변해 갔다.

"피……!"

흑천대살은 수하들에게 피하라고 말하고 싶었지만 입이
제대로 떨어지지가 않았다.

덜덜덜.

아래를 보니 자신의 다리가 사시나무 떨듯 떨리고 있었다.

그것은 전에 없는 공포.

무혼을 아로새긴 사파의 절대자인 자신에게 아직 이만한
공포가 남아 있었단 말인가?

갑자기 모든 것이 불길하다.

그의 그런 공포 섞인 예감은 이내 현실로 변해 버렸다.

조휘가 두 눈에 자줏빛 귀화를 일렁이며 짓씹듯 중얼거린
그 순간.

"천마삼검(天魔三劍)……."

두근.

뭐, 뭐라고?

흑천대살의 경악한 얼굴이 부서지듯 조휘를 향해 꺾어졌다.

불같이 타오르는 자색 귀화.

단 한 톨의 이성도 느껴지지 않는 나찰 같은 표정.

그건 마치 영혼이 빠져나가 버린 것만 같은 공허한 얼굴이
었다.

"제일식(第一式)."

귀기마저 섞인 조휘의 음성에 흑천대살은 이내 목청이 터
져 갈 듯이 부르짖었다.

"피, 피하라! 모두 산개하라! 여기서 벗어나란 말이다!"

흑천련 총단에 귀곡성과 같은 조휘의 음성이 울려 퍼졌다.

-천마멸겁무(天魔滅劫舞).

인간이 펼치는 무공인 이상 반드시 어떤 형태나 소리, 빛깔
등의 요소가 외부로 발현될 수밖에 없다.

체내에 쌓은 내공을 발출, 가공하여 물리적인 파괴력을 극
대화하는 것이 무공의 기본적인 성질이기 때문이다.

허나 천마멸겁무(天魔滅劫舞)는 그런 무공의 상식을 모조
리 파괴했다.

그것은 강기(罡氣)도 아니었고 기공(氣功)도 아니었다.

그 어떤 빛살도 굉음도 일어나지 않았다.

그저 눈 깜빡할 사이에 이백여 장의 장방형 공간이 말 그대로 '소멸'했다.

그야말로 멸겁(滅劫).

흑천련 총단은 왼편의 구류산의 산등성이를 끼고 만들어진 성채였다.

한데 그 구류산 전체가 사라지고 없었다.

원래부터 존재하지 않았던 것처럼 그 광활했던 총단의 터가 반 이상 소멸해 버린 것이다.

그 자리에 새롭게 자리 잡은 것은 지하 세계로 이어질 것만 같은 거대한 장방형의 무저갱.

그 시커먼 장방형 구덩이는 얼마나 깊은지 그 끝이 짐작조차 되지 않을 지경이었다.

흑천대살은 여전히 무릎을 꿇은 채로 멍하니 조휘를 올려다보고 있었다.

놀랍게도 그가 목숨을 구할 수 있었던 이유는 본능적으로 조휘의 발밑으로 파고들었기 때문이다.

그런 그가 천천히 고개를 돌려 장방형 구덩이를 바라보고 있었다.

어느덧 축축한 물기가 번져 가는 흑천대살의 사타구니.

사도의 사패황이자 흑천련의 련주, 절대경의 무인이 그야말로 지려 버린 것이다.

"허으…… 어헐…… 어흑흑……!"

극고의 충격으로 인해 침과 눈물, 오줌 등 인간의 몸이 배출할 수 있는 모든 것을 쏟아 내고 있는 흑천대살.

필생의 갈망, 평생토록 이룩한 업(業)…….

그렇게 한 남자의 야망, 사랑했던 모든 것이 세상에서 송두리째 지워져 있었다.

그제야 수하들에게 피하라고 고함쳤던 자신의 목소리가 얼마나 공허한 것이었는지 깨닫는 흑천대살.

그 순간 무저갱에서 흘러나오는 듯한 조휘의 목소리가 그의 귀에 파고들었다.

"……흑천련은 사라졌다."

그렇게 조휘의 공언(公言)이 염라대왕의 판결처럼 흑천대살의 폐부를 짓누르고 있었다.

그것은 목숨을 잃는 것보다 더한 고통.

순간 흑천대살은 살아남기 위해 조휘의 발밑을 파고들었던 자신의 행동을 이해할 수가 없었다.

"네놈들은 양민을 학살한 것으로도 모자라 황실의 대포를 강호의 분쟁에 사사로이 활용했다. 이 일이 황실에 알려지면 네놈들 모두 '구족(九族)의 멸'의 형벌을 받게 될 터. 네놈은 그렇게 되길 바라나?"

공허한 흑천대살의 시선이 조휘의 뒤편 정문 쪽, 자신의 수하들을 향하고 있었다.

전의를 상실한 수하들.

모두가 바닥에 무기를 버린 채 멍하니 자신만 쳐다보고 있었다.

"내가…… 이 흑천대살이…… 어떻게 하면…… 되겠소이까……."

조휘의 두 눈에 맺혀 있던 마화의 기운이 조금씩 잦아들었다.

"흑천련의 모든 사업장은 조가대상회에게 양도 혹은 해체된다. 살아남은 흑천련의 잔당들 역시 새롭게 편성될 조가대상회의 계열상, 조가건설(曹家建設)의 노동자가 된다. 이 둘을 약속한다면 이곳에서 일어난 모든 일은 내가 막아 주지."

불만이란 것도 제정신일 때야 생기는 법.

모든 감정들이 재처럼 모두 타 버린 흑천대살로서는 대답할 힘조차 없었다.

"그리하겠소……."

조휘가 묵묵히 고개를 끄덕였다.

그로서도 더 이상 사람을 죽이긴 싫었다.

마신공의 마화에 온몸을 맡긴다는 것이 얼마나 무서운 현상을 초래하는지, 방금 전의 결과로 충분히 증명되고 남음이었다.

검신 어른께서 펼쳐 보이셨던 화산에서의 환상(幻想).

세상에 나오지 말아야 할 신의 힘, 그 마(魔)의 힘을 끝내 자신 스스로가 발휘하고야 만 것이다.

"……기다려라."

쾅아앙!

거대한 구덩이가 생겨나며 이내 흑천대살의 시야에서 사라져 버린 조휘.

그렇게 검천전능보를 일으켜 단숨에 한설현에게 다가간 조휘가 그녀를 부축해 일으켜 세웠다.

남궁성찬은 물론 조휘의 동료들마저 그에게 말을 걸지 못했다.

그의 표정에 전에 없는 감정이 담겨 있었기 때문이다.

한 차례 한설현의 상세를 살피던 조휘가 남궁장호를 응시했다.

"외상보다 내상이 훨씬 심해. 장호 형. 어서 한 소저를 우리 장원으로…… 부탁해."

묵묵히 고개를 끄덕이던 남궁장호가 진중한 얼굴로 다가와 한설현을 부축하자 그제야 조휘는 한시름 놓았다.

"또 어디 가려고?"

남궁장호의 질문에 조휘의 시선이 북쪽을 향했다.

"대곳간. 최대한 피해를 줄여야지."

끝도 없이 깊이 파인 장방형 구덩이와 조휘의 얼굴을 번갈아 쳐다보던 장일룡이 별안간 호탕하게 웃었다.

"와하하하! 우리 조휘 형님! 이젠 정말 지려 버릴 오줌도 없수! 저런 게 무공이 맞긴 한 거요?"

팔왕을 비롯한 수십여 명의 화경 천살들, 그들을 따르는 이천여 병력을 단 일 검(一劍)에 세상에서 지워 버리는 무공이라니!

겸연쩍어 애써 호탕하게 웃어 보는 장일룡이었지만, 그 표정에 가슴 깊은 곳까지 스며드는 공포(恐怖)를 숨기지는 못하고 있었다. 그와 가장 친하다고 할 수 있는 사이인데도 말이다.

청뇌(清腦) 장일룡마저 이러할진대 다른 이들은 어떠할까?

조휘가 염상록과 진가희를 불러 세웠다.

"그래도 네놈들이 가장 멀쩡하군. 빨리 부상자들을 수습하고 상회로 복귀해. 해야 할 일이 너무 많아."

"조, 조, 존명!"

"존명! 아, 알겠어요!"

자신들이 평생 받들어 모시던 흑천련주 흑천대살이 조휘의 면전에 개처럼 엎드린 마당.

그들은 마치 오체투지라도 할 기세였다.

조휘가 참혹하게 부상을 입은 자들을 슬픈 눈으로 살피고 있었다.

의외로 가장 선두에서 적을 막고 있었던 남궁세가의 검수들보다 후방의 천룡전위대 쪽이 더욱 처참했다. 남궁세가의 검수들은 하나같이 용린갑을 입고 있었기 때문이다.

다시금 분노가 치미는 조휘.

설마하니 흑천련이 황실의 대포로 공격해 올 것이라고는 상상도 하지 못했다.

조휘가 이글거리는 눈빛으로 다시 흑천대살에게 향하려던 그때.

"……잠시 이야기 좀 하자꾸나."

조휘를 불러 세운 이는 다름 아닌 남궁성찬이었다.

남궁성찬은 이 젊은 놈과 터럭 같은 인연 하나라도 남기기 위해 무기명제자로 받아들인 과거가 생각나 피식 웃고야 말았다.

무기명 제자는 무슨…… 이놈은 무림사의 신(神)에 근접한 놈이었다.

"중한 일입니까?"

지금도 대곳간에서는 남궁의 검수들이 죽거나 부상을 입어 가고 있을 터.

조휘로서는 단 한시도 낭비하고 싶지 않았다.

"더없이 중한 일이다."

묵묵히 고개를 끄덕이던 조휘가 의념을 일으켜 순식간에 음파를 차단했다.

절대경의 초입에 이른 남궁성찬이었기에 조휘가 펼친 그 의념의 한 수가 얼마나 대단한 것인지 단숨에 느낄 수 있었다.

가히 바다와 같은 존재감, 놀랍도록 농밀한 조휘의 의념공에 그는 질식할 것만 같은 얼굴을 하고 있었다.

"이제 말씀하셔도 됩니다. 어르신."

"후……."

놀란 가슴을 쓸어내리던 남궁성찬이 길게 한숨을 쉬다 입을 열었다.

"혹, 선주일계와 인연이 닿은 것이냐?"

선주일계의 뜻은 선인들의 세상.

조휘가 나직이 고개를 가로저었다.

"선인들을 본 적은 없습니다."

남궁성찬의 얼굴이 더욱 어둡게 변했다.

"내 너에게 사부된 자로서 제대로 된 가르침을 내린 적은 없지만…… 그래도 사부로서 당부하마. 방금 전과 같은 신위를 다시는 강호에 드러내지 말거라."

당혹해하는 조휘의 두 눈.

"무슨 이유 때문입니까?"

"저런 힘을 어떻게 얻게 되었는지 그 이유는 묻지 않으마. 하지만 분명 네 힘은 사람에게 허락된 힘이 아니다. 인간의 인과율을 벗어난 힘을 발휘하던 자들…… 그 옛날 무림의 신(神)으로 추앙받던 이들은 모두 그 힘을 발휘하자마자 얼마가지 못하고 실종되었다."

중원을 혈겁으로 몰아갔던 마신.

암흑마교를 단신으로 무너뜨린 검신.

새외대전을 일거에 종식시킨 무신.

그들 모두가 신의 위용을 드러내자마자 강호에서 자취를 감추었다.

특히나 무신의 가문인 사마세가는 새외대전 이후 아직도 봉문을 풀지 않고 있었다.

"그 일이 결코 우연이 아니라는 것이 강호의 이름 높은 식자(識者)들의 공통된 견해. 선주일계가 나섰다는 학설이 지배적이지만…… 아무튼 약속해 줄 수 있겠느냐?"

조휘도 일전에 조상님들에게 들은 적이 있었다.

신좌(神座)와 그 추종자들.

그들이 선계라는 곳과 관련이 있는지는 모르겠지만 강호를 막후에서 조종하고 있다는 것만은 틀림없는 진실이었다.

그 공명정대한 검신 어른께서 단숨에 은봉령주를 죽인 것만 봐도 그들이 선한 집단이 아니라는 것을 곧바로 알아차릴 수 있었다.

"알겠습니다. 특별한 일이 없는 이상 자중하도록 하지요."

그제야 조금은 편안해진 남궁성찬의 얼굴.

그렇게 긴장이 풀리니 무인의 호기심을 드러낼 여유가 생겼다.

"그것이…… 검신의 무공이더냐?"

뭐라고 해야 할까.

자신이 깨달은 마신공은 마신이 익혔던 그것과는 좀 달랐다.

검천대신공과의 합일(合一).

천마삼검에 그 공능이 그대로 녹아 있었기에 자신의 천마삼검은 그 옛날 마신의 그것과는 분명 결이 다를 것이다.

그런 이유로, 사실 아까 전부터 마신이 길길이 날뛰고 있었다.

-네놈! 도대체 나의 천마삼검에 무슨 짓을 한 것이냐!

조휘는 자신의 선조들과 전혀 다른 행동 양식을 보이는 독고의 존자들에게 그다지 정을 느끼지 못했다.

조휘가 그런 마신의 음성을 깔끔하게 무시하며 다시 남궁성찬을 향해 입을 열었다.

"네. 그렇습니다."

의혹으로 가득한 남궁성찬의 눈빛.

마화로 불타던 조휘의 전신을 똑똑히 지켜본 마당이다.

그 인간 같지도 않은 엄청난 패도지력이 검신의 그것이라고?

하지만 조휘로서는 정파를 대표하는 남궁세가의 원로에게 차마 마신공을 언급할 수가 없었다.

"어쨌든…… 일단 알았다. 어서 가 보거라."

"예."

우우우웅-

두둥실 떠오른 철검 위로 올라탄 조휘가 멍하니 굳어 있는 흑천대살을 그대로 낚아채며 북쪽으로 멀어져 갔다.

남궁수가 도합 스물에 달하는 천살들과 어지럽게 어울리고 있었다.

천살들은 모두 역천살혼대의 고수들.

개개인의 무위는 분명 남궁수의 절대경에 비해 보잘것없었지만, 그들은 철저한 합격술과 차륜전으로 남궁수와 맞서고 있었다.

"후우."

남궁수는 진정한 제왕의 검, 제왕검형을 완성하지 못한 것이 못내 아쉬웠다.

제왕검형의 후삼식을 모두 완성했더라면, 지금의 경지인 절대경의 무령(武靈)을 넘어 무극(無極)을 이룩했을 터였다.

남궁수가 창천검을 곧추세운 채 슬쩍 사위를 살펴보았다.

분명 바닥에 쓰러져 있는 무사들은 흑천련 쪽이 훨씬 많았다.

허나 수적 열세로 인한 난전은 피할 길이 없었다.

대부분의 남궁 검수들이 흑천련 무사 대여섯씩을 상대하고 있었다.

상황이 그리 좋지만은 않았다.

한시라도 빨리 눈앞의 천살들을 정리하고 전장에 합류해야 한다.

하지만 저 약아빠진 놈들은 절대경의 무인을 상대하는 방법을 너무나 잘 알고 있었다.

진법 사이사이에서 가끔씩 강기(罡氣)를 일으키며 튀어나오는 화경의 고수들이 문제였다.

진법 속 화경의 고수는 셋에서 다섯 정도로 추정되는데, 그들을 처리하지 않고서는 저 진법을 뚫을 길이 없었다.

다시 호흡을 길게 늘어뜨리며 검을 쥐는 남궁수.

곧 그의 검에서 창공의 푸른 기운이 뭉게뭉게 피어오르자.

역천살혼대의 진이 다시 풍차처럼 휘돌기 시작했다. 그런 그들의 쇄검에서도 수많은 검기와 강기가 일렁이고 있었다.

그때.

쏴아아아아아아아아아~

대곳간의 상공에서 바람을 가르는 엄청난 굉음이 들려왔다.

어검비행으로 날아오고 있는 조휘!

진법 속의 천살들이 하나같이 기절할 듯 두 눈을 부릅뜨고 있었다.

"려, 련주님!"

"허억!"

어느새 장내에 도착한 조휘가 멱줄을 쥐고 있던 흑천대살을 장내에 던져 버렸다.

흑천대살은 그대로 바닥에 처박힌 채 아무런 움직임도 보이지 않고 있었다.

영혼이 빠져나가 버린 듯한 그의 공허한 두 눈.

철검에서 내린 조휘가 그런 흑천대살의 머리를 지그시 지르밟았다.

그 순간.

병장기 부딪히던 소리로 가득한 대곳간에 찬물을 뒤집어쓴 듯한 적막이 찾아들었다.

"니들 대장 대가리 터지는 꼴 보기 싫으면 전부 칼 버려."

조휘가 다리에 힘을 주자 흑천대살의 얼굴이 터질 듯 부풀어 올랐다.

"크으으으으……!"

짐승의 울음소리와 같은 흑천대살의 신음이 울려 퍼지자.

조휘의 두 눈에서 불같은 광망이 흘러나왔다.

"전부 칼 버려 이 새끼들아!"

방금 전까지만 해도 피와 살점, 비명과 고함이 난무하던 대곳간에 찬물을 뒤집어쓴 듯한 정적이 감돌았다.

"……."

"……."

아무도 입을 여는 자가 없었다.

흑천대살이 누군가?

사파를 삼분하고 있는 삼패천의 주인이다.

사파에 단 네 명 존재하는 절대지경의 고수, 사패황의 일인이며 정파의 팔무좌를 칠무좌로 만들어 버린 살아 있는 전설 그 자체였다.

한데 그런 엄청난 자가 개처럼 엎드려 그 얼굴이 조휘에게 짓밟혀 있음에도 그 어떤 저항도 하지 못했다.

초점 없이 흐릿한 동공.

그의 무인으로서의 생명이 끝났다는 것을 단숨에 파악할 수 있을 정도였다.

그런 광경을 수많은 귀살과 천살들이 멍하니 바라보고 있었다.

그들 중에는 자신들의 지존인 흑천대살을 이렇게 가까이서 보는 것이 처음인 자들도 부지기수였다.

상상조차 해 보지 못한 장면이 갑자기 시야로 들어오니 그대로 얼어붙을 수밖에 없는 것이다.

쨍그랑.

대곳간의 천살들을 대표하는 혈우독비 추룡이 열두 자루의 비도를 바닥에 버렸다.

그렇게 대곳간에서 가장 강한 흑천련의 고수가 굴복하자 다른 이들도 하나둘씩 무기를 버리기 시작했다.

이천에 달하는 흑천련 병력이 조휘라는 단 한 사내에게 굴복하고 있는 것이다.

"허어……."

허탈함마저 느껴지는 남궁수의 감탄성.

흑천대살 이경진.

사십 년 이상 남궁세가를 괴롭혀 온 대적(大敵)이다.

남창 포양호의 지배자였던 그의 처참하리만치 초라한 모

습을 대하니 이상하게도 시원하기보다는 답답한 마음이 먼저 일어났다.

"조 봉공……."

조휘는 단숨에 남궁수의 말을 잘랐다.

"설마 적장으로서의 예우를 해 줘라…… 뭐 그런 말씀을 하시려는 건 아니겠지요?"

침잠한 조휘의 두 눈.

일체의 감정도 느껴지지 않는 조휘의 무심한 시선에 남궁수는 자신도 모르게 침을 꿀꺽 삼켰다.

"이 새끼의 명령에 의해 우리 조가대상회의 사원 이백사십칠 명이 목숨을 잃었습니다. 일초반식의 무공도 익히지 못한 상인들을 죽였다고요. 이번 일만큼은 제게 인(仁)을 강요하진 말아 주십쇼."

그 순간 조휘의 철검에서 눈부신 백광이 흘러나왔다.

기다란 백색 검강(劍罡)이 그대로 흑천련 제일지부의 편액을 향해 쏟아진다.

콰콰콰쾅!

거친 굉음과 함께 흑천련 제일지부의 거대한 편액이 흔적도 남기지 못하고 사라져 버렸다.

"오늘부로 강호에서 흑천련이란 세력은 해체되었다."

광오한 말이었으나 그의 발밑에 흑천련주의 머리가 깔려 있으니 결코 그 선언이 협박으로만 들리지 않았다.

"본 조가대상회의 휘하에 들어올 자는 무릎을 꿇어라. 물론 지금 이 자리에서 떠나도 좋다. 대신 조가대상회의 일원이 될 기회는 영원히 박탈될 것이다."

조휘가 철검을 허리에 차며 다시 좌중을 향해 강력히 일갈했다.

"련에 바칠 상납금 때문에 피를 말릴 필요도 없고 목숨을 걸어야 할 위험한 임무도 없을 것이다. 무공의 고하에 따른 차별도 없을 것이고 모두에게 동등한 기회를 줄 것이며 오직 실력과 성과대로 월봉을 지급하겠다."

이번에도 혈우독비 추룡이 가장 먼저 무릎을 꿇었다.

"이름이 뭐지?"

"추룡입니다."

조휘가 천천히 고개를 끄덕이다 그를 불러 세웠다.

"추룡 사원, 첫 번째 임무를 하달하겠다. 대곳간의 모든 쌀을 염가에 매입했던 값 그대로 상인들에게 돌려줄 것이다. 지금 즉시 그 일부터 처리하도록."

"존명!"

털썩털썩.

일다경의 시간 동안 흑천련의 병력 중 칠할 이상이 무릎을 꿇었으나, 대곳간을 벗어나는 자들의 수도 상당했다.

조휘는 떠나는 자들을 일일이 눈에 담으면서도 미련은 없다는 얼굴이었다.

상황이 대충 정리되자 그제야 조휘가 남궁수를 바라보며 좀 사람다운 얼굴을 했다.

"대충 일단락된 것 같습니다. 가주님."

"허허……."

기다란 수염을 쓰다듬으며 허탈하게 웃고 있는 남궁수.

비로소 모든 것이 실감됐다.

장강 이남의 성(省) 중에서 가장 거대한 시장을 자랑하는 강서성(江西省)을 무림의 세력도 아닌 일개 상단이 차지해 버린 것이다.

그야말로 강호의 판도를 뒤집어엎는 대사건이 아닐 수 없었다.

그렇게, 조가대상회와 조휘라는 이름이 전 강호를 위진하기 시작했다.

조휘는 가장 먼저 흑천련의 기습에 의해 사망한 유족들에게 위로금을 전달하고 또 일자리를 약속했다.

그 일을 진행하는 데 조가대상회의 재산 사분지 일을 투입했을 정도로 보상금의 규모는 막대했다.

사실 표국이나 상단에서 사람이 죽는 것은 비일비재한 일로, 강호의 상회가 이렇게 유족들에게 보상금을 주는 예는 거의 전무하다시피 했다.

그 어떤 상단도 보여 주지 못했던 파격적인 조가대상회의 행보에, 수뇌부 이하 사원들 모두의 충성심이 더욱 단단해졌다.

이어 조휘는 조가대상회의 부서진 강서분타를 총단으로 승격시키고 대(大)개편을 예고했다.

일개 장원의 규모였던 예전과는 달리 새롭게 건설되고 있는 총단의 규모는 실로 어마어마했다.

제갈세가의 진법이 가미된 수십 채의 전각이 내·외원의 구분을 두어 건설되고 있었다.

그 전각들은 긴밀한 협력을 요하는 계열상들끼리는 함께 배열되었고, 독립성을 요하는 계열상들은 따로 분리되었다.

총단의 건립이 모두 끝날 무렵 조휘는 몇 개의 새로운 조직을 창설했다.

조휘는 외부에서 정보를 조달하는 것만으로는 한계가 있다는 것을 절감하고 있었다.

이번 흑천련의 기습만 해도 독립적인 정보 단체를 보유하고 있었더라면 충분히 사전에 파악할 수 있었을 터였다.

그래서 출범한 것이 조가신비각(曹家神祕閣).

조휘는 조가신비각을 강호일비라는 야접 못지않게 키우려는 야심에 불타고 있었다.

이어 조가대상회 최초의 무력단체라 할 수 있는 조가천무대(曹家天武隊)도 동시에 탄생되었다.

총 십이 개 조로 구성된 조가천무대는 혹천련 출신 천살들이 초대 조장을 맡게 되었으며 그 휘하에도 최소 절정 이상의 무위를 지닌 고수들로 빡빡하게 구성하고 있었다.

특이한 것은 제일 조부터 제십이 조까지의 월봉이 달랐는데 일 조의 월봉이 가장 높았다.

하지만 시합과 대무를 통해 언제든지 상위의 조에 올라갈 수 있는 구조였고 이는 맹렬한 경쟁 의식을 통해 끊임없이 조가천무대를 발전시키려는 조휘의 조련 수법이었다.

마지막은 조가건설(曹家建設)의 창설이었다.

특이한 것은 조가건설의 모든 구성원들이 절정 이하의 혹천련 무인들이라는 점이었다.

과거 사천행 당시 조휘는 깎아지른 듯한 그 험난한 천애의 절벽에 사람이 지날 수 있는 소로를 기똥차게 뚫어 놓은 광경을 직접 목격했었다.

당시 그 경이로운 광경을 바라보며 머릿속에 떠올랐던 아이디어!

무공의 고수들을 건설 인부로 고용한다면?

일반인의 수십 배에 달하는 근력을 지닌 무인들!

게다가 자유자재로 벽을 오를 수 있는 벽호공과 날렵한 경공을 구사하는 무인들이라면 그 노가다의 효율이란 실로 미쳤다고 할 수 있었다.

이렇듯 조가대상회의 구조 개편이 어느 정도 완성되자 이어 조휘는 사업 개편에 돌입했다.

일단 조휘는 강서에서 흑도(黑道)의 묵은 때를 모두 벗기고 싶었고 이에 흑천련의 사업장 중 매음굴, 도박장 등 떳떳하지 못한 곳들은 모조리 정리해 버렸다.

그다음으로 착수한 일은 포양호를 지나는 뱃길을 더욱 정비하고 확장하는 일이었다.

조휘는 포양호의 핵심 가치가 '물류 운송'에 있다는 것을 파악하고 있었고, 그 가치를 확장하면 할수록 끊임없이 선순환의 구조가 일어난다는 것을 경험으로 알고 있었다.

이 모든 과정을 끝낸 조가대상회의 위용이란 가히 위풍당당 그 자체.

한데 묘한 것은 사람들이 보기에 과연 조가대상회가 강호의 대문파인지 중원을 대표하는 상회인지 정체성이 아리송하다는 점이었다.

그야말로 무상복합체(武商複合體)!

놀랍도록 괴이쩍고 전무후무한 집단이 강호에 출현한 것이다.

조가대상회 총단.

조휘가 바쁜 걸음으로 조가자원각(曹家資源閣)을 지났을

때 갑자기 하늘에서 진가희가 떨어졌다.

"아오 시발! 깜짝이야!"

사업 구상에 골몰하며 걷고 있던 조휘로서는 심장이 떨어질 것만 같은 서프라이즈였다.

조휘도 사람인 이상 늘 기감을 끌어올리며 사주 경계를 할 수는 없는 것이다.

"아니! 도대체 왜! 멀쩡한 길을 놔두고 지붕만 타고 다니는 거냐?"

진가희에게 수십 채의 전각이 세워진 조가대상회의 총단은 그야말로 천국.

진가희는 뚱한 얼굴로 조휘를 죽일 듯이 노려보고 있었다.

"약속 왜 안 지켜?"

조휘의 두 눈이 가늘게 찢어졌다.

"무슨 약속?"

"반 홉! 주기로 했잖아!"

와, 그걸 또 기억하고 있냐.

피를 향한 광적인 그녀의 집착에 조휘는 질린다는 듯 진가희를 바라보고 있었다.

"바쁘다. 나중에."

"흥! 흑천련 총단 앞에서는 왜 그랬어?"

짜증이 난 듯 얼굴을 와락 구기는 조휘.

"또 왜! 뭐가!"

"남궁 형! 장 부장! 한설현 과장! 전원 정문에서 대기 타세요!"

"……."

조휘가 그 무슨 생뚱맞은 소리냐는 듯 멍한 얼굴을 하고 있자 진가희의 창백한 얼굴이 더욱 희게 변했다.

"다른 애들은 다 일일이 불러 주면서 왜 나만 쏙 빼놔? 나혼자 배다른 식구야?"

진가희를 더욱 열 뻗치게 만드는 조휘의 행동은 또 있었다.

"그 빌어먹을 폭탄에 나도 다쳤거든? 그런데 왜 한설현 그년만 돌봐 줘? 한 소저는 '그녀'고 난 '싯팔년'이야?"

"아, 아니……."

터질 듯이 부풀어 오른 양 볼, 마치 울음을 터뜨릴 것만 같은 그 창백한 얼굴은 그야말로 신선한 소름이었다.

"그년도 내가 구한 거잖아! 당신의 얼음 공주를 내가 구했다구!"

"아 싯팔."

조휘가 하는 수 없다는 듯 철검으로 자신의 팔에 생채기를 내며 피를 냈다.

쭙!

울음을 터뜨리다 그대로 조휘의 팔을 베어 무는 진가희.

"어어? 야 이년아! 반 홉 넘는다?"

"읍……!"

피를 빨다 말고 급격하게 수축하는 그녀의 동공!

진가희가 그대로 쓰러져 경련을 일으키자 조휘가 기겁을
하며 그녀의 상세를 살폈다.

"아오 또 갑자기 왜 이래?"

"흐으으…… 으으……!"

두 눈이 완전히 뒤집어져 허연 흰 자위를 모두 드러내니 그
창백한 얼굴이 가히 그로테스크할 지경!

"정신 좀 차리라고!"

그때, 진가희가 작살 맞은 물고기마냥 부르르 떨더니 비명
을 지르기 시작했다.

"끼아아아아!"

그녀의 표정은 참으로 기묘했다.

극도의 쾌락과 고통이 함께 어우러져, 고통의 비명인지 쾌
락의 교성인지 도무지 알 수가 없었다.

그렇게 이각쯤 흘렀을까.

벌어진 입으로 헤 하고 웃으며 침을 흘리다 벌떡 일어나는
진가희.

"다, 당신 피는 진짜 미쳤어! 내 혈사심천공이 단숨에 구성
에 올랐다구!"

"구성(九成)?"

십성(十成)까지 단 한 단계만을 남겨 두었다고?

조휘가 설마 하는 얼굴로 되물었다.

"그럼 곧 절대라는 거냐?"

"글쎄? 구성에서 십성을 이루는 것은 일성부터 구성까지의 노력보다 더욱 고된 노력이 필요하다고 하던데. 어쨌든……."

"어쨌든?"

"지금의 내가 화경의 극(極)인 것만은 확실해."

"호오."

조휘로서도 깜짝 놀랄 일이었다.

물론 절대경 무인의 피를 이토록 쉽게 취할 수 있는 그녀의 주변 환경을 무시할 수는 없었지만, 그렇다 할지라도 조휘는 이 혈사심천공이라는 내공심법이 강호일절의 신공 못지않다는 생각이 들었다. 내공의 발전 속도가 상상을 불허하는 것이다.

"그래서 말인데……."

진가희가 뜸을 들이자 왠지 조휘는 불길한 예감에 등줄기에서 소름이 돋았다.

"내가 진짜 조금만 더 먹으면 뭔가 또 될 거 같거든?"

"미친년."

소름 돋은 얼굴로 자신의 소매를 내리는 조휘.

"바쁘다. 이만 가라."

진가희가 다급하게 조휘의 옷깃을 잡는다.

"아니, 사람 말을 끝까지 들어야 될 거 아니야?"

"아! 거참! 또 뭐!"

진가희의 얼굴에 발그레 홍조가 그려졌다.

이어 양 검지를 맞부딪치며 몸을 배배 꼬는 진가희.

"어차피 폐인이 된 놈이잖아. 그놈…… 나 주면 안 돼?"

"누구?"

진가희가 환하게 웃었다.

"흑천대살."

팽각으로도 모자라 사파의 거두였던 흑천대살마저 자신의 피노예(?)로 길들이겠다는 진가희의 당혹스런 발상에 조휘는 잠시 뇌 정지가 왔다.

하지만 그게 말이나 되는 일인가?

아직은 조가천무대의 구성원 대부분이 흑천련 출신의 고수들이다.

만약 전 흑천련주가 그런 취급을 받고 있다는 사실이 외부로 새어 나간다면 그 파장은 걷잡을 수 없을 정도로 커질 것이다. 강서 일대의 사파인 전체가 들고 일어날 수도 있는 일.

조휘가 단호하게 고개를 가로저었다.

"안 돼. 돌아가."

진가희는 이해할 수 없다는 눈치였다.

"왜? 왜 안 돼? 후원에 처박혀서 허구한 날 술만 처먹고 있는 폐인에 불과하잖아? 어차피 쓸모도 없는 인간인데 나 주면 안 돼?"

"안 된다고! 그게 말이 돼? 조가대상회가 사파의 거두였던 흑천대살의 피나 빨아 먹는 집단이라고 소문이 난다면 네가 책임질 거냐? 흑천련 출신 애들이 잘도 충성을 바치겠다!"

"아니 나한테 그 정도도 못 해 줘? 나도 다 들었거든? 당신
이 사천에서 무슨 짓까지 했는지!"

뜬금없이 진가희가 사천 이야기를 꺼내자 자못 당황해하
는 조휘.

"그, 그건 또 무슨 소리야?"

"그 계집에게 천빙령을 선물해 주려고 아주 개고생을 했던
데? 당가주의 만천화우까지 맞았다며? 게다가 그놈들한테 환
심을 사려고 천마성까지 정찰을 나가셨어요?"

"뭐! 내, 내가 언제!"

조휘의 천연덕스러운 오리발에 진가희가 제대로 화가 난
듯 도끼눈을 떴다.

"와! 겁나 뻔뻔해! 철광석 때문에 조가대상회를 오가는 사
천인들이 얼마나 많은데! 그 많은 사람들을 죄다 거짓말쟁이
로 몰 거야?"

"하……."

결국 조휘의 입에서 진가희의 가슴에 대못을 박는 말이 흘
러나오고야 말았다.

"비교할 걸 비교해야지! 한 소저가 없으면 냉차고 한빙주
고 죄다 생산이 끊기는 마당인데 네가 한 소저와 어떻게 위치
가 같을 수 있냐? 한 소저는 우리 조가대상회의 귀인 중의 귀
인(貴人)이다!"

조휘의 음성, 그 낱말 하나하나가 가슴에 콕콕 박힌 양 음울한 표정으로 변해 가는 진가희.

"그래…… 그런 취급이란 말이지……."

마치 여인의 한이 담긴 듯한 음습한 음성, 그 몸서리치는 불길함에 조휘가 오히려 불같이 화를 냈다.

"무극에 이른 무인이 피를 나눠 주는 게 어디 보통일인 줄 알아? 네가 자꾸 이런 내 순수한 호의를 짓밟으면……!"

조휘가 크게 뜬 눈으로 협박한다.

"그땐 인마 나도 사파가 되는 거야! 힘으로 다스리는 수밖에 없다고!"

"힘으로?"

진가희의 처연한 얼굴에서 점차 호기심이 떠오르고 있었다.

"가, 갑자기 표정이 왜 그래?"

"힘으로 뭐 어떻게 해 줄 건데?"

"아, 안 떨어져?"

조휘가 기겁을 하며 세 발자국 정도 뒤로 물러났다.

진가희가 가볍게 보법을 일으켜 그런 조휘에게 바짝 다가갔다.

"조, 좋은 말로 할 때 떨어져라."

"나도 직책 줘."

"……직책?"

진가희의 시선이 총단의 전각들을 두루 훑고 있었다.

"제갈 놈은 부회장 겸 조가천기각주, 그 장가 근육 놈은 강빈관주, 팽가 놈은 조가자원각주, 한…… 아니 그년은 뭐 조가빙천주? 심지어 염상록 그 새끼도 조가신비각 부각주가 되었더라?"

"……"

조휘로서도 할 말은 많았다.

그녀의 성격은 지극히 감정적이고 즉흥적이다. 게다가 철저한 개인주의적인 성향을 지니고 있는 터라 그녀를 믿고 따를 수하가 생길 리 만무했다.

하다못해 염상록처럼 이(利)에 밝거나 돈을 탐하는 성격도 아닌지라 상단과도 맞지 않는다.

가장 결정적인 그녀의 결점은 외모였다. 그녀의 창백하고 스산한 얼굴을 본 사람들은 하나같이 기겁을 하며 도망치려 할 뿐 도무지 그녀와 가까이하려 하지 않았다.

유일한 장점이 있다면 고강한 무공. 하지만 또 휘하를 이끄는 자질은 미미하기 짝이 없었다.

어떻게 생겨 먹은 년인지 재주가 없어도 너무 없었다. 사람인 이상 각자 지닌 재능과 특성이 있게 마련인데 진가희는 모든 점에서 애매한 것이다.

하지만 뭔가 당근을 줘야 했다. 그렇게 하지 않는다면 진가희는 언제 터질지 모르는 시한폭탄처럼 변할 것이다.

"그럼 흑천련주가 묵고 있는 후원이라도 관리할래?"

"관리?"

"사실 관리라기보다는 감시하는 거지. 사파의 전대 거두가 도망치기라도 한다면 큰일이잖냐."

"호호, 하긴."

"너 지붕 위 좋아하잖아? 적성에 딱 맞는 일인 것 같은데."

"좋아! 알았어!"

호기롭게 주먹을 불끈 쥐는 진가희를 바라보며 왠지 귀엽다고 생각해 버린 자신에게 조휘는 소름이 돋았다.

"그럼, 이만……."

조휘가 전광석화처럼 자리에서 벗어났다.

졸지에 흑천련의 살수들을 동료로 맞이하게 된 남궁장호는 날마다 혼란을 겪고 있었다.

'이 새끼들이!'

연무장에서 버젓이 남궁가의 제왕검식을 수련하고 있는데 천살들 몇몇이 자연스럽게 다가와 자리를 잡고 있는 것이다.

타 문파의 무인이 수련하는 장면을 훔쳐보지 않는 것은 정파의 예법, 아니 상식이었다.

허나 전통과 예법에 무지한 사파인들에게는 그런 문화가 익숙하지 않았던 것.

제왕의 검을 사파인들에게 계속 보여 줄 수는 없는 노릇이라 곧 남궁장호는 엄정하게 검을 거두고서 연무장 바깥으로 물러났다.

털썩 주저앉으며 후 하고 한숨을 내쉬는 남궁장호.

내후년쯤 되면 세가로 복귀해 아버지 곁에서 가주의 정무를 함께 봐야 했다.

그것이 소가주의 숙명.

그 전까지 자신의 무공을 최대한 발전시켜야만 했다.

한설현과 진가희.

비록 그녀들에게 기연이 있었다지만 여류 후기지수들에게조차 밀렸다는 점이 그에게는 도저히 용납이 되지 않는 일이었다.

타앗! 합!

강력한 기합성과 함께 천살들의 대무(對武)가 시작되자 남궁장호는 조가신비각 쪽을 향해 돌려 앉았다.

깡깡!

그들의 병장기 부딪히는 소리를 뒤로한 채 금방 명상에 빠져드는 남궁장호.

한데 천살들의 대무는 끝까지 이어지지 못했다.

어느덧 무기를 거두며 남궁장호에게 다가온 천살들.

천살, 마염랑 위지악이 가득 이마를 구기며 남궁장호를 향해 입을 열었다.

"왜 우리의 대무를 보지 않는 거지?"

위지악의 대무 상대였던 패염귀 적염도 한 수 거들었다.

"뻔한 것 아니냐? 제왕이라 거들먹거리는 남궁 놈들이다. 사파의 무공이라 볼 가치도 없다는 거지."

가부좌를 튼 채 명상에 빠져 있던 남궁장호가 얼굴을 일그러뜨리며 자리에서 일어났다.

아니 뭐 이런 놈들이 다 있나?

"명불허전 사파 놈들답군. 네놈들은 타인의 수련 광경을 탐하지 않는 강호의 법도도 모른단 말이냐?"

마염랑 위지악이 피식 쪼갰다.

"과연 고지식하기 그지없다는 정파 놈들이라더니 실제로 보니 못 말릴 지경이군. '정파의 법도'를 강호의 법도라고 우기는 수준하고는."

"정파 놈들이 법도 운운하면서 자신들의 무공을 보지 못하게 하는 이유야 너무 뻔하지 않은가? 겉으로는 한없이 당당하고 자신만만해하지만 내심 자신들의 초식이 파훼당할까 봐 조마조마한 게지. 낄낄낄!"

뱀 같은 눈빛을 빛내는 패염귀 적염을 남궁장호가 죽일 듯이 노려보고 있었다.

"남궁의 검수에게 함부로 시비를 건다는 것이 얼마나 어리석은 행동인지 뼈저리게 느끼게 해 주겠다."

차아앙!

남궁장호가 창천검을 빼어 들며 엄정하게 기수식을 취하자, 마염랑 위지악이 등에서 한 쌍의 귀두도(鬼頭刀)를 빼어 들었다.

피식.

"화끈한 건 마음에 드네."

묘한 호기심으로 물든 남궁장호의 얼굴.

'쌍수도(雙手刀)?'

무인이 쌍수 무기를 취한다는 것은 그리 간단한 문제가 아니었다.

보통 무기가 둘이면 유리하다 생각하겠지만 그것은 무공을 모르는 자들이 하는 이야기였다.

쌍수는 독수(獨手) 검에 비해 많은 것이 불리했다.

초식의 위력이란 단단한 무게 중심, 안정화된 보법으로부터 나오게 마련.

강호의 많은 문파들이 제자들로 하여금 입문공으로 마보나 참춘공을 가장 먼저 익히게 하는 것은 그와 같은 이유였다.

하지만 쌍수무도(雙手武道)는 화려한 변초를 구사하기 쉽다는 장점은 있으나 몸의 무게 중심을 잡기가 훨씬 힘들다는 치명적인 단점이 있었다.

쌍수무도를 익힌 자가 독수검을 취한 자 만큼의 단단한 보법을 구사하려면 수배의 고련이 필요했다.

그래서 강호의 문파들은 웬만하면 제자들에게 쌍수무도를

권하지 않는다.

강호의 역사 속에서도 쌍수무도로 명성을 떨친 고수는 전무하다시피 했다.

한데 상대가 쌍수도를 빼어 들고 나섰으니 남궁장호가 호기심이 치미는 것은 당연한 일이었다.

"대단한 패기군."

남궁장호의 시선이 자신의 귀두도에 향해 있자 마염랑 위지악의 미소가 더욱 진해졌다.

"천살이라는 칭호에 왜 천(天) 자가 들어가는지 내 똑똑히 보여 주마!"

샤샤샥!

남궁장호의 눈빛에 기광이 스쳤다. 상대의 보법이 일반적인 상궤를 벗어나 있었기 때문이다.

가가가각!

캉캉캉!

선공을 허용당한 남궁장호는 그야말로 정신이 없었다.

매 초(招)마다 동귀어진의 수법이 느껴질 정도!

상대의 반격 따위는 눈곱만큼도 생각지 않는, 오로지 공격만을 위한 저런 움직임이 어떻게 가능한 거지?

남궁장호의 머릿속에 그런 생각이 스친 순간 위지악의 귀두도가 더욱 변화무쌍한 움직임을 토해 냈다.

촤촤촤촤촤촤!

한 쌍의 쌍수도에서 눈부시게 일어난 도기(刀氣)를 바라보며 남궁장호가 경악했다.

'쌍수로 도기를 뽑았다고?'

도기는 강기를 다룰 수 있는 성강(成罡)의 바로 전 단계.

당연히 극고의 심력과 내공이 소모될 수밖에 없었다.

쌍수무도로 도기를 발휘했다는 것은 뒤를 생각하지 않는 극고의 결의!

소모되는 내공의 양과 정신력이 짐작조차 되지 않는다.

남궁장호도 이를 꽈득 깨물며 푸른 검기를 일으켰다.

까강!

까가가강!

검과 도가 부딪히는 파열음이 쉴 새 없이 사위를 진동했다.

위지악이 눈으로는 도저히 가늠할 수 없는 속도로 회오리처럼 몸을 휘돌며 공격해 왔기 때문이다.

쉴 새 없이 밀려들어 오는 시뻘건 도기의 물결!

선공(先攻)의 이점을 극도로 살리는 필살의 도법 그 자체였다.

수세에서 도저히 벗어날 길이 보이지 않자, 결국 남궁장호는 제왕의 검식을 드러낼 수밖에 없었다.

"제왕지세(帝王之勢)!"

제왕지세는 제왕검형의 전이식으로 남궁세가의 중검(重劍)을 대표하는 검공!

한데, 남궁장호의 창천검에서 육중한 기운이 뭉게뭉게 피어오르자 위지악이 뒤도 돌아보지 않고 경공을 시전해 장내에서 벗어났다.

검식을 시전하다 말고 멍하게 굳어 버린 남궁장호.

위지악이 저 멀리 벗어나 쌍수를 휘휘 돌리며 비아냥거렸다.

"초식을 말해 주네? 병신인가?"

남궁장호의 입에서 '제왕'이라는 단어가 튀어나오자마자 뒤도 돌아보지 않고 내뺀 것이다.

그런 위지악의 힐난에 남궁장호는 이상하게도 상대에게 화가 나기보다는 스스로에게 화가 났다.

장일룡이 틈만 나면 자신을 지적해 주었었다.

예(禮)가 골수에 미친 정파 인간이라고. 강호에서 그런 행동은 독이라고.

한데 도무지 고쳐지지가 않는다.

만약 지금의 대무가 실전이었더라면?

예를 지켰다는 정도의 자부심만으론 자신과 동료들의 목숨을 구할 수가 없다.

저 쌍수무도도 그랬다.

강호의 일반적인 상식, 그 궤를 달리하는 괴이신랄한 도법.

매 초마다 동귀어진의 수법이 적용된 그 연환 절초들은 상상도 해 보지 못한 기괴한 모습 그 자체였다.

어떻게 상대의 공세를 대비하지 않을 수 있지?

어떻게 무인이라는 놈이 상대의 절초를 마주하지 않고 도망갈 수가 있지?

게다가 뭐? 나보고 병신? 저놈은 무인으로서 상대를 존중하는 마음은 눈곱만큼도 없는 건가?

나는······!

나는············!

콰콰콰쾅!

순간 머릿속에서 거대한 폭음이 터지는 듯한 충격에 휩싸이는 남궁장호.

그를 제한하고 있는 어떤 단면, 그 둑이 터져 버린다.

순간 창공처럼 푸른 기운이 그의 전신에서 너울거리며 일어났다.

화르르르르르!

눈부신 포말처럼 빛나고 있는 푸른 아지랑이들.

위지악이 두 눈을 동그랗게 떴다.

"뭐야? 갑자기 진무화(眞武花)라고?"

남궁장호의 끝없이 침잠한 두 눈이 위지악을 응시하고 있었다.

〈6권에 계속〉